가자! 저 큰 깨달음의 세계로

현수막 인연 因緣

사색의 시간 5: 현수막 인연(因緣)

펴 낸 날   2026년 1월 23일

지 은 이   박하성
펴 낸 이   이기성
기획편집   최인용, 권희연, 이서은
표지디자인 최인용
책임마케팅 이수영, 김정훈
펴 낸 곳   도서출판 생각나눔
출판등록   제 2018-000288호
주　　소   경기도 고양시 덕양구 청초로 66, 덕은리버워크 B동 1708호, 1709호
전　　화   02-325-5100
팩　　스   02-325-5101
홈페이지   www.생각나눔.kr
이 메 일   bookmain@think-book.com

• 책값은 표지 뒷면에 표기되어 있습니다.
  ISBN 979-11-7048-965-8(03810)

Copyright ⓒ 2026 by 박하성 All rights reserved.

·이 책은 저작권법에 따라 보호받는 저작물이므로 무단전재와 복제를 금지합니다.
·잘못된 책은 구입하신 곳에서 바꾸어 드립니다.

저자 박하성

가자! 저 큰 깨달음의 세계로

현수막 인연 因緣

필자에게는 우연히 현수막을 발견한 것과

이로 인해 불교대학에서 훌륭한 여러 도반과 스승과의 만남

그리고 '현수막 인연'이라는 '불교 에세이'를 쓴 것도

모두가 소중한 시절 인연으로 다가옵니다.

생각나눔

이 책이 출판된 것은 2025년 1월 필자가 강원도 원주 시내 거리를 지나다가, 어쩌다 우연히 눈에 띈 보문사 불교대학 현수막에 끌려서 원주 보문사 불교대학 25기로 입학한 것이 인연(因緣)이 되어서였다. 인기 보컬 송골매 가사 중 "어쩌다 마주친 그대 모습에 내 마음을 빼앗겨 버렸네, 그대 두 눈이 내 마음을 사로잡아 버렸네⋯!"라는 유행가 가사가 떠올랐다.

그러나 어쩌다 발견한 불교대학 모집 현수막은 내 마음을 빼앗아간 것이 아니라, 정반대로 일 년이 지난 후 돌이켜 생각해보니, 현수막과 만남, 인연은 부처님의 깨달음과 불교의 과학적 진리, 선배 보살들의 경험을 내 마음에 가득 채워준 역할을 톡톡히 하였다.

이 책은 불교대학에서 공부하며 불심(佛心)을 얻은 기쁜 마음으로, 일 년간 공부한 경험을 바탕으로 출간하는 강철의 자전적 에세이라고 할 수 있다. 2025

년 9월 어깨가 탈구, 골절되는 사고로 왼손을 다쳐서 포기할까 하는 마음도 들었다. 그러나 마음먹은 바를 쉽게 포기한다면 시간은 또 허무하게 지나가고 기회는 다시 올 가능성이 적다는 것을 체험으로 알기에, 굳은 마음으로 다시 마음 잡고 출간하기로 하였다.

지난 일 년간 보문사 불교대학에서 만나 함께한 월정사 박물관장이며 보문사 주지이신 해운(海雲) 스님, 양양 동산암의 대해(大海) 스님, 승가대학 김응철 교수님, 조준호 교수님. 천동(天童) 권중서 교수님의 헌신적이고도 훌륭하신 강의에 감사의 인사를 드린다.

또한, 25기는 우바이 선배 명선행 도반에게 과정 중 많은 도움을 받은 바 있다. 이 또한 25기 도반을 대신하여 감사의 마음을 전한다. 이러한 불교대학 생활 중 알게 된 여러분들의 도움과 헌신, 그리고 만남의 인연이 없었다면 이 책은 감히 출간하지 못했을 것이다.

불교대학에서의 매주 두 번 수업과, 한 달에 한 번 전국의 천년 불교 성지 사찰 체험 순례, 그리고 대만의 불교 성지순례 체험을 통해 함께한 과정에서 보문사 불교대학 도반 동기, 도반 선배들과의 체험과 대화에서 진지한 삶의 자세와 지혜를 보고 들으며 도움을 받았고, 또한 거기서 많은 영감을 받아 이 책을 출간하였다. 필자인 저는 그 과정에서의 대화, 경험, 학습 내용을 책으로 정리하여 남기고픈 마음이 불현듯 일어 이렇게 졸업에 즈음하여 출간하게 된 것을 기쁘게 생각한다.

추신: 부족한 글이지만 많은 지도 편달 바랍니다. 그리고 맞는 표현인지는 모르겠지만 '현수막 인연(懸垂幕因緣)'으로 책 제목을 명명했습니다. 필자는 현수막을 발견한 것을 포함하여, 불교대학 여러 도반과 만남

등, 모두가 저에게는 소중한 인연입니다. 아무쪼록 부족한 글이지만 부끄러움은 뒤로하고 이번을 기회로 더욱 '아제아제 바라아제! 바라승아제! 모지 사바하', 정진하는 삶이 되길 기원합니다.

2026.1.20.

-청봉 박하성-

작년 2025년 2월에 필자는 『삶과 죽음에 관한 생생진 담 1』과 3월에 『인생역전 분양신화(辛話) 1』을 출간하였 다. 원주에 사업 현장이 있어서 숙소인 모텔방에서 두 달에 걸쳐 탈고하여 출간하였다. 그리고 2달간의 모텔 생활을 청산하고 원주에 둥지를 틀었다.

지난 30여 년 동안의 사업 경험과 국내 및 해외에서 의 부동산 시행 사업 성공·실패담을 회상하고 시행·분 양 사업의 노하우(Know How)를 기록하여 나의 경험담 을 정리하였다고 볼 수 있다. 이 시기는 2023~2024년 서울대 박사과정을 2년간 다니면서 잠시 휴식기를 가 진 후 2025년 1월 원주에서 다시 분양사업을 시작한 직 후였다. 2년의 휴식 기간에 우연한 기회에 『사색의 시간 1, 2, 3, 4』 시리즈를 출간하였다. 그리고 대학교 동문회 장 등 많은 사회적 모임도 활발히 참여하며, 시간 나는 대로 봉사활동(奉仕活動)도 따라다녔다.

참고로 봉사활동은 내가 타인을 돕는 것이 아니라, 나

를 선(善)하게 만들어 공덕(功德)을 쌓는 행위라고 할 수 있다. 타인이 나에게 봉사활동의 기회를 준 것이다. 60이 넘은 나이에 오히려 사회활동(社會活動) 참여도는 신기하게도 증가한 시기이다. 이런 논리라면 정상인인 우리는 모두 도움을 받아야 하는 예비 장애인이기도 하다. 우리는 어느 순간 타인의 도움을 받아야만 하는 존재가 될 수도 있기 때문이다.

역사적으로 황금시대(黃金時代)를 누리며 문물이 번성했던 로마제국 시대, 고려 시대, 통일신라 시대, 당나라 시대 등 나라의 국력이 강했던 시기에는 각 나라의 문화가 상호 교류하여 문화 활동이 융성해진다. 그리고 당시 문화적으로 가치 있는 대표적 문화유산(文化遺産)들이 오늘날까지 많이 전래하는 현실을 볼 수 있다. 개인도 마찬가지 아닐까 하는 생각이 문득 들었다. 먹고살기 힘든 상황에서 문화 활동, 독서 활동이 불가능하지만, 이런 활동이 가능한 인생의 황금기가 각 개인에게 한 번은 꼭 오는 것으로 보인다. 그리고 각자는 그 기회를 잘 활용하여야 한다. 기회가 와도 모르고 그 기회를 놓치고 지나가는 분들이 많기 때문이다. 건강이 허락하지 않아서, 관심이 없어서 등등의 이유로 허무하게 유한한 시간을 낭비하면 안 된다. 항상 맑은 정신으로 깨어 있어야 한다.

그런 의미에서 최근 원주 봉황산에 있는 조계종 보문사 불교대학에 입학하여 불교 기초교리 공부를 하면서 난생처음 경험한 수계식(해운 스님으로부터 청봉(淸峯)의 법명을 받음)은 의미 있는 행사였다. 다섯 가지 수계항목 중 "자제할 수 없을 정도로 술을 마시지 말라."는 계율은 의미 있게 다가왔다. 손오공 이야기에 나오는 현장법사의 제자가 된 저팔계(猪八戒)는 십계 항목의 계율 중 돼지로서 2개 항목(먹는 것, 자는 것에 관한 계율)을 지킬 수 없어서 반환하고 8계 항목만 지키겠다고 해서 저팔계(猪八戒)로 부른다고 한다.

우연히 원주에서 새로 시작한 부동산 분양사업은 어떻

게 진행할 것인가 하는 두려움과 설렘을 가지고 2025년 1월 8일, 아는 사람이 없는 낯선 강원도 원주 사업 현장을 향하여 강릉집에서 출발하였다. 그러나 원주에서 나를 기다리고 있던 것은 예상 밖의 것이었다. 그것은 우연히 길거리를 지나다 발견한 눈에 띄는 한 장의 현수막이었다. '불교대학 학생을 모집'한다는 내용이었다. 그런 인연으로 입학한 보문사 불교대학에서 훌륭한 스승, 도반들과 만남을 통하여 새로운 인연이 생기고, 그동안 피상적으로 알고 있어서 멀게 느껴졌던 불교를 가까이서 접하며 필자는 불교사상의 심오한 새로운 내용을 접하였다. 또한, 그런 인연으로 인생과 삶에 대해 강연을 하는 기회가 왔다. 실제로 요즘 한국인만큼 사색적이고 호기심 많은 민족도 드물다. 오늘도 전 세계를 구석구석 누비며 활동하는 많은 여행객을 보며 혜초가 5만 리 걸어서 천축국(天竺國)에 갔던 생각이 스쳐 간다. 우리에게는 호기심과 역마살이 많은 민족(民族)임이 틀림없다.

불교에서는 인간의 생(生)과 사(死)에 관해서 연기(緣起)로 설명한다. 우리는 생로병사(生老病死)의 현실 삶 속에서 자신의 업(業)에 의해 이 세상에 왔다가 저세상으로 간다.

그리고 자신이 지은 업(행위)의 영향으로 죽은 후 육도를 윤회한다고 한다. 업의 결과로 인한 윤회를 단절(斷切)하고 해탈(解脫)하면 부처가 된다고 할 수 있다. 즉 생사(生死)를 초월하는 것이다. 삶과 죽음은 분리된 것이 아니며, 번뇌(煩惱)가 해탈(解脫)이고, 중생(衆生)이 부처인 것과 비슷한 이치라고나 할까? 이곳 불교대학에 다니며 보고, 듣고, 느낀 불교의 관점에서 "삶과 죽음에 관한 한국인의 생각"을 전개하고자 한다. 이런 관점에서 불교의 유구한 역사는 한국인의 DNA에 스며들기에 충분한 시간이었고, 우리 한국인에게 사색의 종교가 불교라는 사실은 이론의 여지가 없다. 그것을 부정한다면 우리 역사, 우리 조상을 부정하는 결과를 초래할 수도 있기 때문이다.

|차례|

제1부

시절인연(時節因緣)

1. 시절인연(時節因緣)

만남과 헤어짐을 계속 반복하는 것이 우리의 인생이다. 거자필반(去者必返), 회자정리(會者定離)인 것이다. 또한, 만남은 쉽고 이별(離別)은 항상 어렵다. 이별은 만남과 헤어짐만을 의미하는 것은 아니며 삶과 죽음 모두를 의미하기도 한다. 불교에서는 모든 인연에는 시절인연(時節因緣)이란 말을 자주 사용한다. 모든 사물의 현상은 때가 되어야 일어난다는 것이다. 시절인연은 인과응보(因果應報)와 업(業)에 의해 사물은 인과법칙(因果法則)에 의해 특정 시간(時間)과 공간(空簡)의 환경이 조성되어야 일어난다는 뜻이다. 불교에서는 모든 존재가 인과 연으로 이루어진다고 본다. 인(因)은 씨앗처럼 연(緣)

은 햇빛. 토양처럼 조건을 말한다. 이 두 가지가 맞아야 과(果)가 생긴다. 그러나 시절(時節)이 붙으면 인연(因緣)은 단순히 원인과 조건을 넘어 시간(時間)의 흐름 속에서 완성되는 필연(必然)이 된다. 우리가 인생을 살아가며 느끼는 인연은 세 가지가 있다고 한다. 스쳐 가는 인연, 머물다 가는 인연, 평생을 함께하는 인연이다.

 하지만 모든 인연은 시절인연의 흐름 안에 존재한다고 볼 수 있다. 그러니 오늘 이 순간 내 곁의 인연을 소중히 생각하고, 마음의 여유를 지키며 살아가는 것이 가장 현명한 방법이 아닐까 싶다. 이 시절인연은 중국 명나라 말기 승려 운기 주홍이 편찬한 선관책진(禪關策進)에 나오는 "시절인연이 도래하면 자연히 부딪혀 깨쳐서 소리가 나듯 척척 들어맞으며 곧장 깨어나 나가게 된다."라는 구절에서 유래한다. 요즘에는 통상 모든 인연에는 때가 있다는 의미로 사용된다. 부처님이 모든 것은 인과 연이 합하여 생겨나고 인과 연이 흩어지면 사라진다는 말을 남겼다. 법정 스님은 모든 인연에는 오고 가는 시기가 있고 만나고 싶은 사람도 시기가 안 맞으면 만날 수가 없고, 헤어질 시기가 오면 자연히 헤어지게 된다. 세상 모든 것에는 인연이 있고, 오고 가는 시기가 있으므로 억지로 무언가를 이루려고 하기보다 욕심을 내려놓고 적당한 때를 기다릴 줄 아는 지혜를 가져야 한다는 말이다.

즉 인간이 가진 것이 무엇이건 내일이면 그에게서 멀어지는 것뿐이다. 인간에게 소속된 영원한 소유는 한 가지도 없다는 것이다.

인간에게 영원한 소유가 없는 이 지구에서 지금 내 곁에 머무는 시절인연들의 소중함을 알고 내 곁을 떠나가는 시절 인연들에 감사한 마음을 가져야 한다. 놓아줄 줄 아는 지혜, 기다릴 줄 아는 지혜 큰마음이 필요하다.

깃발이 흔들리는 것은 깃발이냐? 바람이냐? 아니면 나의 마음이 흔들리는 것은 아닌가? 이 말은 육조혜능(六祖惠能) 대사의 말이다.

원주에서 어쩌다 처음 마주친 불교대학 모집 현수막은 시간이 흐른 후 생각해 보니, 필자와 많은 불교대학 입학 도반들의 마음에 깨달음과 지혜로 채워주고 마음속 불성에 빛을 밝혀준 불씨가 아니었을까?

서화담의 부채 시에 나타난 기(氣)처럼 부채가 바람을 일으켜 더위에 지친 모든 사람에게 고루고루 시원한 바람을 보내듯 2,000여 년 전 부처님의 '깨달음'은 그렇게 필자의 마음에 점등(點燈)되었다고나 할까?

그리고 머나먼 천축국(天竺國) 인도에서 중국을 거쳐 한반도로, 아니면 인도에서 직접 한반도로 전래한 불교(김수로왕의 가야처럼)가 우리의 마음에 전달된 것 자체가 기적이란 생각도 문뜩 든다.

불교를 전혀 알지 못했던 대중과 어렴풋이 알던 필자에게 불심을 전파 하여준 현수막의 글귀가 불씨처럼 마음에 다가온 것이다. 필자가 어떻게 강원도 원주시, 봉황산 보문사 불교대학에 입학했는지가 한편의 시절 인연은 아닐까 생각해 본다.

우리의 몸속에는 불교의 DNA가 흐른다고 할 수 있다. 우리가 쓰는 말, 예절, 관습, 행동, 무의식 등에 불교의 흔적이 넘쳐흐른다. 가야가 인도말(코끼리를 의미)이고 그때부터 이미 불교문화를 우리는 접했다. 금관가야(金官伽倻) 김수로왕(金首露王)은 역사상 최초로 불교국 인도의 공주와 국제결혼(國際結婚)을 한 우리 조상 아닌가? 김해 김씨의 시조이다.

그럴 수밖에 없다. 불교가 우리 조상들에게 전해진 것이 어느덧 2,000년이 넘었다. 우리는 자신도 알게 모르게 불교를 접하며 이 한반도(韓半島)에서 성장한 것이다. 우리 조상들이 이천 년 전 이전에 이미 불교를 수용하며 불교 사상(佛敎思想)에 동화된 것이다. 불교는 인도에서 발생했지만, 중국을 거쳐 거기서 화려하게 꽃을 피우고 사상들이 정리되며 한반도에 와서 열매를 맺었다고 볼 수 있다. 그리고 주지하듯이 그 결실이 일본까지 영향력을 미친다.

인간은 항상 삶을 살아가면서 갈림길을 만나면 어디로 갈지 고민하면서 갈 길을 정하는 선택(選擇) 앞에서 고민한다. 그 선택의 결과에 대해서는 후회할 필요는 없다. 그것은 본인의 의지 표현이고 과감한 결정을 하는 것이 후회(後悔)를 줄이는 방법이다.

로버트 프로스트의 시(詩)처럼 가지 않은 두 갈래 길 앞에서 아무도 가지 않은 길을 선구자(先驅者)처럼 가는 용기 있는 삶을 원한다고나 할까? 필자는 지금 남들이 가지 않은 길을 가려고 선택하는 사람을 응원한다. 그리고 그 길을 가는 사람만이 선구자(先驅者), 개척자(開拓者)로서 응원하는 사회가 발전한다고 믿는다. 안주(安住)하면 (술)안주(按酒) 되는 현재 시대는 용기 있는 자가 많을수록 발전한다고 믿는다. 그 길을 선택 후 모두를 기다리는 마지막 관문 그것은 사(死)이다. 이는 선택의 문제가 아니라 모두가 가야 하는 길이다.

불교(佛敎)를 접해보지 않은 이에게 불교는 새로운 인생(人生)의 길처럼 다가올 것이다. 누군가가 나에게 아래와 같이 묻는다면 나는 이렇게 대답할 것이다.

당신은 어떤 결정(決定)을 내릴 것인가? 당연히 정답(正答)은 없다.

갈까 말까? 누군가가 나에게 묻는다면 나는 갈 것이라고 결정한다. 당신은? 살까 말까? 고민되면 나는 물건을 안 살 것이다. 그리고 말할까 말까? 고민되면 나는 말하지 않을 것이다. 당신은? 줄까 말까? 고민되면 나는 주라고 할 것이다. 먹을까 말까? 고민되면 나는 먹지 않을 것이다.

당신이라면? 어떤 결정을 내릴 것인가? 버릴까 말까? 고민되면 나는 버리라고 할 것이다. 참을까 말까? 고민되면 나는 참는 게 낫다고 할 것이다. 할까 말까? 망설여지면 나는 할 것이다. 당신이라면? 기대할까 말까? 고민되면 나는 기대하지 않을 것이다. 믿을까 말까? 고민되면 나는 믿으라고 할 것이다. 끝낼까 말까? 망설여지면 나는 끝낼 것이라고. 당신은 어떤 결정을 내릴 것인가? 망설임이 없다면 쉽게 빨리 모든 일을 결정하며 이렇게 행동의 지침을 정하고 삶을 산다면 큰 고민 없이 빠른 결정을 할 것이다. 그리고 그 선택의 결과에 대해서는 빨리 받아들이고 당연히 후회하지 않을 것이다. 모든 인간은 이 세상에 태어나서 삶을 영위하다가 늙고 병들고 죽는다(生老病死). 인간은 나이를 먹으면 몸에서 노인 냄새가 풍기며 노화의 과정을 겪는다. 노인이 된다는 것은 많은 의미를 내포하고 있다. 부처님도 노인에게 관심이 많았다. 노인에게 냄새가 생기는 과정은 몸이 서서히 녹슬어 가는 것과 비슷하다. 과학적으로는 피부의 항산화 방어력이 떨어지고 이로 인해 피부 지방이 산화되면서 2–노네날이라는 화합물이 만들어진다. 이 물질이 노인 냄새의 주요 원인이라고 밝혀졌다(의 사들의 권고에 의하면 버섯 등에 많이 함유된 에르고티오네인이라 는 아미노산인 강력한 항산화 성분을 이용하여 염증을 줄이고 지 방 산화를 억제할 수 있다고 한다. 표고버섯과 느타리버섯을 섭취 하면 노화(老化)를 늦출 수는 있다고 한다).

이와 연관하여 늙은 부자 노인과 그곳을 지나가던 부처 님과의 이야기를 잠시 언급하고자 한다. 어느 날 부처님 이 길을 나서며 마을에서 최고 부자(富者)인 노인(老人)이 오늘 삶을 마감할 거를 예상(豫想)하시고 그의 집으로 향 했다. 그 노인은 지금까지 인생(人生)에 대해 진지(盡智)하 게 한 번도 생각하지 않았으며 자신을 돌아볼 시간도 가 지지 못한 채 삶을 마감하는 것이 안타까워서였다.

그러나 노인은 자기 집을 공사 중이라서 바쁘다며 부처 님과 말을 나눌 시간이 없다고 말했다. 어쩔 수 없이 부처 님이 돌아서 그 집을 나오는 순간 비명과 함께 슬픈 울음 소리가 터져 나왔다. 수리하던 노인의 집 지붕에서 서까 래가 떨어져 노인이 다치는 바람에 그 노인은 이 세상을 떠났다. 우리의 삶은 이렇듯 노인의 삶과 별반 다르지 않다. 게다가 행복의 조건은 늘 변한다. 단 한 번도 행복을 누려보지 못하고 행복의 조건만 채우다가 삶을 마치는 경우가 태반이다. 세상에서 가장 소중한 것은 무엇인가? 그것은 바로 '참 나(Who Am I)'이다. 그런데 나는 어떤 사람이고 나에게 어떤 가치가 있을까 진정으로 사유해 보지 못하고 죽는다면 이 얼마나 안타까운 일이겠는가!

이런 주장에 대해 내 인생(人生)이니 참견하지 말라고 주장하는 사람도 있을 것이다. 인생은 원래 그런 거라고 주장하는 분도 있다. 그러나 세상 모든 사람이 추구하는 삶을 살면서 행복(幸福)하게 웃는 시간보다 두려워하고 슬퍼하고 근심하는 시간이 더 많을까? 아마 부처님은 그날 아침 그 부자 노인에게 단 한 순간만이라도 자기 인생을 진짜 주인(主人)처럼 살아갈 여지를 안겨주고 싶었을 것이다.

삶과 죽음에 대해 불교만큼 명쾌하고 지혜롭게 답을 주는 종교는 없다.

보문사 불교대학에서 공부해 보니, 불교는 기독교적 신

앙의 절대적이고 전지전능(全知全能)한 신(神)에 대한 믿음을 강요하지 않는다. 오히려 나 속에 불성(佛性)이 있음을 깨닫게 한다.

  필자가 입학한 불교대학(佛敎大學)에서 새로운 방식의 불교체험 공부(佛敎體驗工夫)인 현장답사(現場踏査)를 도입하였는바, 매월 한번 불교 성지순례 방문을 통하여 견문을 넓히고 많은 사유를 하게 되었다. 수백수천 년의 긴 세월 동안 한반도에서 불교가 피박을 받기도 하면서 명맥을 유지하며 현재까지 강한 영향력(影響力)을 발휘하는 이유는 무엇이었을까? 우리에게 필요한 참 진리, 참 지혜이기 때문은 아니었을까? 경전과 책을 아무리 많이 외워도 실행(實行)하지 못하는 게으른 사람은 남의 소를 세는 목동(牧童)과 같아 수행의 보람을 얻기 어렵다는 법구경(法句經)에 나오는 말이 있다.

  원주 보문사(普門寺) 불교대학에서 공부하며 매월 마지막 일요일마다 여주 신륵사(신륵사 경내 커다란 나뭇가지 사이에서 자연적인 부처님 형상의 모습이 기억난다). 영월 법흥

사, 정선 정암사, 화성 용주사(정도 대왕의 효심에 큰 감명을 받았다), 안성 청용사(백정들의 헌신과 고통에 감명받음), 칠장사, 여주 고달사지, 오대산 월정사, 상원사(북대 미륵암, 중대 적멸보궁), 세계문화유산인 영주 부석사(부석사 경내 나오다 본 입구 건물 2층에서 황금빛 오방불이 신비하다), 안동 봉정사, 청송 주왕산 대전사, 길상사, 그리고 마지막으로 서울 삼성동 봉은사[추사 김정희(1786~1856)의 마지막 글씨 판전(板殿)과 칠십일과병중작(七十一果病中作)이란 낙관 옆 글귀가 가슴을 찡하게 하며 깊은 감동을 전한다.]와 용산 국립중앙박물관['사유의 방'에서 이 책 표지의 주인공인 반가사유상(半跏思惟像)을 직접 만났다.] 등을 현장 답사하였고 겨울에는 해외 대만으로 가서 자항 스님의 등신불이 모셔진 자항사, 참선수행 중태 선사. 대만 최대 사찰인 불광사와 불타 기념관 등 불교 성지순례를 다녀오며 많은 사람을 만나고 인연을 맺고, 이 과정에서 불교의 새로운 모습을 보고, 발견하며 많은 것을 사유(思惟)하게 되었다. 특히 불교의 예술적(藝術的) 면모 즉 사찰 건축, 회화. 조각 등 어마어마한 문화재적 가치가 잠재한 예술작품(藝術作品)들을 보며 불교의 위대함을 알게 되었다. 우리나라 전통 문화재(文化財)의 80%가 불교 문화재이다. 간단히 표현한다면 사찰에 갔노라, 스님들과 부처님, 형상 불, 불교 예술작품을 보았노라, 깨달았노라 했다고나 할까?

  기독교와 불교의 발생 배경은 전혀 다른 자연환경에서 출발하였다. 나일강의 범람으로 인한 홍수 극복 과정에서 문명 발생의 기원을 찾듯이, 불교 용어인 수행, 깨달음, 중생 구제 실천, 베풂, 나눔, 보시의 중요성, 출가(出家)와 가출(家出)의 차이는 크다. 현대인의 출세는 무의미하다. 왜냐하면 그 목적이 자신과 가족을 위한 것이기 때문이다. 현재 이웃과 타인을 위한 구제, 봉사 목적으로 출가를 원하는 인간은 드물기 때문에 이런 사실을 감안해 볼 때, 부처님은 당시 최고의 지위와 재물을 버리고 중생을 구제하려 출가한 위대한 인간이었다. 불상, 석탑 등 우리가 무심코 사용하는 불교 관련 언어에는 잘못된 의미와 무식함이 내포되어 있다.

  불상은 형상 불로, 석탑을 사리 보존함 등으로 정확히

이해하고 난 후에 불교 용어를 사용하는 것이 의미에 맞는다.

아모르 파티, 마지막 커튼콜, 연극배우 박정자는 존엄사(尊嚴死), 마지막을 존엄하게 마무리하길 원하며, '나다운 마지막 모습'도 내 권리(權利)라고 말한다.

'꽃 대신 기억'을 들고 오라며 2025년 83세에 강릉 사천의 순긋해변에서 생전(生前) 장례식(葬禮式)을 치른 연극배우 박정자는 죽음을 기쁘게 맞이하며 준비를 한다. 어떻게 잘살고 잘 죽을 것인가? 연명(延命)치료는 무의미(無意味)하며 삶의 마지막 순간을 미리 돌아보는 사람만이 오늘을 더욱 충실(忠實)하고 의미(意味) 있게 살아갈 수 있다.

그리고 우리는 이제 110세를 목표로 살아간다. 보험의 평균 기대수명이 110세를 가리키고 있다. 이는 생사(生死)에 관한 관(觀) 정립이 없다면 살아가기가 쉬운 일은 아니다.

깨달음을 얻기 전에 죽는다는 것은 다시 말하면 인간 상태로 존재하는 동안 얻을 수 있는 자유와 기회를 잃어

버리고 원하지 않는 비참한 상황에 수없이 반복하여 다시 태어나는 것은 비극 중의 비극일 것이다. 그런 사람에게는 죽음이 고통으로 들어가는 문일 것이다. 티베트 사람들은 이렇게 시작도 끝도 없이 돌아가는 삶의 연속이라는 관점에서 죽음을 바라본다고 한다. 그들은 오히려 죽음이 착하게 살도록 하는 힘, 바람직한 태도와 선한 행동을 강화시키는 힘으로 본다. 죽음의 가능성이 현존하고 있음을 항상 기억하며 사는 사람은 상상을 뛰어넘는 자유를 누린다고 할 수 있다. 그리고 이 모든 혼란은 이 세상을 고정된 실체로 보는 무지(無知)에서 비롯된다는 것을 이해한다. 그들은 죽음의 신 야마에 대한 명상을 통해 만물의 비어 있음(空性)을 철저히 깨닫는다. 죽음이 무엇인가를 묻는 말은 과학 차원의 것이다. 유물론자들은 뇌가 활동하고 있는 동안 '나'라고 하는 의식이 존재하고 뇌의 활동이 멈추면 의식도 사라진다고 주장한다. 그러나 그것은 과학적 조사로 증명된 것은 아니며 그럴 것이라는 가정일 뿐이다.

현대 과학자들은 죽음을 잠, 어둠, 무의식 등과 비슷한 것으로 생각한다. 그래서 현재 행복하다고 생각하는 사람은 죽음을 두려워하고 괴로움에 지친 사람은 고통을 못 느끼는 죽음의 상태를 바라기도 하는 것이다. 그러나 이것은 확실히 그런 것인지는 아무도 모른다. 무는 무이기 때문에 상상도 불가능하며, 무를 일종의 종착역이라고 말하는 것은 잘못된 것이다. 이처럼 죽음을 무(無)라고 상상하는 것은 스스로 위안하는 방편에 불과하다.

죽은 다음에 잠과 같은 무의 안식에 들어간다는 견해는 사실에 부합할까? 이는 전혀 근거가 없다. 티베트에는 그대의 전생을 알고 싶으면 그대의 현재 모습을 주의 깊게 관찰해 보라 그대의 내생이 어떠할지 알고 싶으면 그대의 지금 마음을 살펴보라는 오래된 가르침이 있다고 한다. 이 말은 우리의 현재 상태는 과거의 행동에서 비롯되는 길고 긴 진화 과정의 결과로 나타난 것이며 우리의 미래 상태는 지금 생각, 결정하고 행동하는 것에 따라 결정될 것이라는 뜻이 내포되어 있다는 것을 알 수 있다. 진화의 방향을 의식적으로 좋은 쪽으로 돌리기에는 죽음에서 새로운 탄생으로 전이해 가는 중간계 기간이 최적의 기회이다. 그 기간에 진화의 추진력은 일시적으로 유동적이며, 중간계라는 결정적 고비를 넘기면서 수직 상승, 수직 하강할 수도 있다. 티베트 사람들은 이러한 사실을 아주 잘 알고 살아왔다. 그래서 그들은 티베트 사자(死者)의 서(書)라는 책을 운명의 방향을 좇은 쪽으로 돌려놓는 안내서로 여기며, 보물처럼 귀하게 생각한다고 한다.

제2부

불교는 철학인가, 종교인가

2. 불교는 철학인가, 종교인가

종교는 영어로 'Religion'이다. '신에게 의존하다'라는 뜻이 내포되어 있다. 기독교처럼 신과 인간의 매개자가 종교라면 성직자가 있어야 한다. 에도시대 일본에 네덜란드어 사전이 들어왔을 때 당시 집권자들은 이 사전의 번역을 승려들에게 맡긴다. 당시 승려들이 종교라는 이 단어를 처음 보고 맞는 글자를 찾아 고민하다 발견한 글자가 종(宗)이다. 일본의 번역자인 주로 승려들은 Religion의 의미를 잘 표현하는 한자를 찾기 힘들었을 것이다. 일본의 상황에서는 성직자를 찾을 수 없어서 성직자의 역할을 하는 무당을 주목하여 생각했을 것이다. 그러나 무속보다는 승려들의 불교를 생각하여 종(宗)자로 번역한 것이다. 결국 종(宗)이란 단어로 '우두머리, 최고'란 의미를 선택하여 Religion을 '종교'로 사용하며 불교가 조계종(曹溪宗), 천태종(天台宗)으로 불리며 최고 우두머리 종교란 의미를 갖게 된 것이다.

처음 도착한 강원도 원주에서 맺은 소중한 인연은 보문사 불교대학 입학과 도반들과의 만남, 중천 철학도서관을 알게 된 것이다. 중천 철학도서관에 가게 된 계기는 이러하다. 지인의 초대로 2025.9.21. 중국 산둥성 사범대학에서 3차 한국학 국제학술대회(國際學術大會)에 참가하였는데, 거기서 김교빈 교수님을 만나서였다. 내가 원주에서 사업(事業)을 하는 것을 들으시고 『동양철학(東洋哲學) 에세이 1, 2』로 유명한 김교빈 교수님이 "원주에 중천 철학도서관이 있는데, 그곳에서 매주 목요일 인문철학 강의가 열리니 참가해 보라."는 권유였다. 또한 그곳 학술 대회에서 만난 조민환 박사님이, 본인이 이전에 중천 선생으로부터 직접 받은 글씨를 액자에 넣어서 중천 선생 사후에 원주시 중천 철학도서관에 본인이 기증하였는데, 그 후에 가보지 못했으니, 시간 나면 가서 그 액자 사진을 찍어서 보내 달라는 부탁을 필자에게 하였다. 그래서 어느 날 필자가 중천 철학 도서관을 방문하여 1층에서 그 액자를 발견하여 살펴보니 그 액자에는 노자 16장의 글귀인 '치(致)허(虛)극(極), 수(守)정(靜)독(篤)'을 줄여서 쓴 '허극정독(虛極靜篤)' 4글자를 중천 선생님이 쓰신 거였다. 그 뜻은 "비움을 이루는 것이 만물의 지극한 돈독함이고, 고요함을 지키는 것이 만물의 참된 바름"이라는 뜻이다. "완전히 비우고 충실히 고요함을 지켜라."란 글이었다. 그곳에서 참가한 첫 수업에서 고엔카의 윗빠사나 명상에 대한 강의를 들었다.

고엔카는 저서 『윗빠사나 10일 코스』에서 해탈은 토론이 아닌 수행을 통해서만 성취할 수 있다고 주장한다. 수행자는 자신의 질문에 대한 답(答)을 스스로 찾도록 노력해야 한다고 하였다. 윗빳사나 명상 코스의 목표는 편견과 긴장으로부터 마음을 자유롭게 하는 삶의 방법을 배워서 평화롭고 행복하게 사는 법을 발견하고 마음을 정화하여 모든 고통으로부터의 자유, 완전한 깨달음이라는 인간의 목표, 즉 해탈을 추구하는 것이다. 고엔카가 인용한 이 말은 붓다의 말이다. 고엔카의 수행법은 온종일 앉아서 호흡만 알아차리는 명상수행(冥想修行)으로 출발한다. 호흡만을 있는 그대로 관찰하는 것이다.

육체적 기능인 호흡을 관찰하는 것은 마음 관찰과 연결된다. 번뇌가 떠오르면 호흡이 빨라지고 거칠어진다. 번뇌가 사라지면 호흡은 다시 차분해진다. 그래서 호흡은 몸뿐만 아니라 마음의 본질을 탐구하는 데도 도움이 된다.

중천 김충열 선생은 "죽은 뒤 무덤에 가지고 가는 것이 허용된다면 무엇을 가지고 가겠느냐고 묻는다면 서슴없이 책이라고 대답하리라. 그러나 어찌 그 많은 책을 가지고 갈 수 없으니 영원히 세상에 남을 도서관을 세우고 그 속에서 책과 함께 노닐겠소."라고 하였다.

현대 문명 속에서 컴퓨터가 발전하고 A.I가 발달하면서, 책은 지식(知識)과 사상(思想)의 저장고 역할이 줄어들어가고 있지만, 도서관(圖書館)은 아직 기능을 유지하고 있으며 그 운명은 알 수가 없다.

'일생은 조그만 서재에 묻혀 살아가지만, 궁극적인 목표는 만고에 전할 문장을 남기는 것'이라고 중천 선생은 말한다.

25년 초겨울, 원주 시내에 처음 도착하여 거리를 지나

가다 '25기 보문사 불교 대학생 모집' 현수막을 보고 찾아간 그곳이 원주시 치악산 자락에 있는 봉황산 원주 보문사이다. 그곳에 불교 대학교(학장: 주지 해운(海雲) 스님)가 있다. 그곳에서 입학하여 청봉(淸峯)이란 법명을 수계받고 불교에 관한 기초교리, 경전 등을 교육받았다. 불교는 그동안 내가 피상적(皮相的)으로 알았던 것과는 달랐고, 한마디로 필자(筆者)는 불교에 대해 무지(無知)하였다. 불교에서는 탐, 진, 치(貪:욕심, 瞋:성냄, 痴:어리석음)를 삼독(三毒)이라 하고, 만, 의(慢: 게으름, 疑: 의심)를 추가하여 오독번뇌(五毒煩惱)라고 한다. 불교는 번뇌를 끊고 열반의 깨달음을 얻는 것을 목적으로 한다

많고 많은 길 가운데 불도(佛道)를 위(上) 없는 도(道)라고 한다. 흔히 불교에서는 중생(衆生)이 곧 부처라고 한다. 그래서 중생이 바로 부처니까 더 아무것도 닦을 그것이 없다고 오해하는 수가 있다. 그런데 중생이 곧 부처인 줄 알았다면 역지사지(易地思之)로 부처인 중생을 반드시 제도하여야 한다. 그리고 '번뇌가 곧 보리'라는 말도 있지만, 보리인 번뇌(煩惱)를 맹세코 끊어야만 하는 것'이다.

우리는 몸과 입과 생각(신구의: 身口意)으로 지은 삼업(三業)을 잘 다스리도록 노력하여야 한다. 흔히들 일반 대중들은 스님들은 고기를 먹는 것을 금지(禁止)하는 것으로 대부분 사람이 생각한다. 필자도 불교대학에 입학하여 배우기 전까지는 그렇게 생각하였다. 그러나 스님도 고기를 먹을 수 있다. 불교에서는 삼정육(三淨肉), 오정육(五淨肉), 구정육(九淨肉) 등 아홉 가지 깨끗한 고기를 정하여 먹을 수 있도록 한다. 삼정육(三淨肉)은 나(스님)를 위해 죽이는 현장을 목격하지 않은 고기, 나를 위하여 죽인 것이란 말을 듣지 않은 고기, 나를 위해 죽인 것이 아닌가 하는 의심이 되지 않는 고기, 오정육(五淨肉)은 수명이 다하여 자연사(自然死)한 고기, 맹수나 까마귀가 먹다 남긴 고기, 구정육(九淨肉)은 나를 위해 죽이지 않은 고기, 자연사(自然死)하여 여러 날 지나서 말라붙은 고기, 미리 약속 없이 우연히 먹게 된 고기, 당시 일부러 죽인 것이 아니라 이미 죽인 고기이다.

또한 오신채는 주로 백합과 식물인 마늘, 파, 부추, 달래, 인도의 주요 향신료인 홍거를 먹지 않는 이유는 날로 먹으면 화를 내는 진심(瞋心)이 생기고 익혀 먹으면 음심이 생기는 원인 때문이라고 한다. 구정육 개념을 이해하고 나서 필자는 문득 삼십여 년 전 서울 종로구 인사동 조계사 근처에서 직장생활 할 때, 어느 날 인사동 근처 음식점에서 친구들과 약속 시각에 늦어서 급하게 도착하는 바람에 약속 장소인 한정식 음식점의 방문을 잘못 열고 들어갔다가 목격했던 경험담이 떠올랐다. 필자가 방문을 여는 순간 그 방에서 어떤 스님 두 분이 닭 다리를 먹고 있다가 놀라서 나를 쳐다보았고, 필자도 놀라서 죄송하다고 말하고는 급히 방문을 닫고 나왔던 경험이 있었다. 지금 생각하면 아무 일도 아닌 일이지만 당시에는 나는 스님은 고기를 먹으면 안 되는 것으로 알았다. 그리고 "중이 고기 맛을 알면 절간에 빈대도 남아나지 않는다", "절에서도 말만 잘하면 고기·멸치 반찬을 얻어먹을 수 있다."라는 등의 전해지는 속담(俗談)들은 악의적(惡意的)으로 누군가 불교와 스님을 폄훼(貶毁)하기 위해 퍼트린 잘못된 편견(偏見)임을 뒤늦게 알았다. 불교(佛敎)란 무엇인가? 간단히 말한다면 부처님(깨우친 자: 각자(覺者)의 가르침이다.

부처님의 가르침이란 한마디로 모든 존재는 여러 가지 원인에 의해서 생기게 되고 그 원인이 소멸하면 존재도 사라지게 된다는 것이다.

불교의 연기, 인연을 시구로 표현한 글들을 살펴보자.

모든 것은 원인에서 생긴다.

제법종연기(諸法從緣起)

부처님은 그 원인을 설(設)하셨다.

여래설시인(如來說是因)

모든 것은 원인에 따라 소멸한다.

피법인연진(彼法因緣盡)

이것이 부처님의 가르침이다.

시대사문설(是大沙門說)

이것이 있기 때문에 저것이 있고,

차유고피유(此有故彼有)

이것이 생기기 때문에 저것이 생긴다,

차기고피기(此起故彼起)

이것이 없기 때문에 저것이 없고,

차무고피무(此無故彼無)

이것이 사라지기 때문에 저것이 사라진다.

차멸고피멸(此滅)故彼滅)

우리가 알고 있는 오비이락(까마귀 날자 배 떨어진다.)은 오비이락 파사두의 줄임이다. 까마귀 날자 배가 떨어져 밑에 있던 뱀이 머리를 맞아 죽은 것이다. 불행과 고통의 시작이다. 죽은 뱀이 멧돼지로 환생하여 꿩을 죽이고, 죽은 꿩이 사냥꾼으로 환생하여 멧돼지를 쏘려고 하는데, 도인이 나타나 이를 설명하고 원한을 해결한다는 글이다.

오비이락 파사두

(烏飛梨落破蛇頭)

사변저위석전치

(蛇變猪爲石轉雉)

치작엽인욕사저

(雉作獵人欲射猪)

도순위설해원결

(導順爲說解怨結)

백장선사(百丈禪師)의 야호선(野狐禪)의 배경이다. 이 또한 인연을 설명한다.

－ 인과에 어둡지 않다. 불매인과(不昧因果)

－ 인과에 떨어지지 않는다. 불락인과(不落因果).

부처님의 가르침 법(法)이란 구체적으로 무엇인가?

그것은 간략히 요약하면 다음과 같다.

모든 악을 짓지 말고 모든 선(善)을 봉행(奉行)하라.

스스로 그 마음을 청정히 하는 것이다.

이것이 모든 부처의 가르침이다. 법구경(法句經)에 나오는 말이다.

제악막작(諸惡莫作) 제선봉행(諸善奉行)

자정기의(自淨其意) 시제불교(是諸佛教)

마음에서 비롯하고 마음이 으뜸이니 마음으로부터 다 이루어진다.

사람이 청정한 마음으로 말하고 행하면 그로부터 즐거움이 따른다. 마치 그림자가 형체와 함께하는 것과 같다. 마음은 법의 근본이 된다. 마음은 주인이 되어 모든 것을 부린다. 마음속에 악(惡)을 생각하고 곧 그대로 행하면 그에 따른 고(苦)를 받는 것은, 수레가 바퀴 자국을 밟는 것과 같다.

전생의 일을 알려고 하면 금생에 받는 그것이 그것이다.
내생의 일을 알고자 한다면 금생에 짓고 있는 그것이 그것이다.
욕지전생사(欲知前生事) 금생수자시(今生受者是)
욕지미생사(欲知未生事) 금생작자시(今生作者是)
인간에게는 세 가지 복(福)이 되는 업(業: 행위)이 있다.
첫째, 보시(報施)가 복을 짓는 업이요
둘째, 평등(平等)이 복을 짓는 업이며
셋째, 사유(思惟)가 복을 짓는 업이다.
나에게 복(福)에 대한 인과응보(因果應報)가 들어오지 않는다고 가볍게 생각하지 말라. 물방울이 떨어져 단지를 가득 채우게 되나니 이 세상의 큰 복도 작은 복이 쌓여 이른 것이다. −법구경(法句經)−

무엇을 웃고 무엇을 기뻐하랴! 세상은 끊임없이 불타고 있는데

그대는 어둠 속에 덮여 있는 채 어찌하여 등불을 찾지 않는가?

하희하소(何喜何笑) 세상치연(世常熾然)

심폐유명(深蔽幽冥) 불여구정(不如求錠) －법구경(法句經)－

잠 못 이루는 자에게 밤은 길고, 피곤한 자에겐 한순간도 길 듯이

올바른 진리를 모르는 자(者)에겐, 생사의 길은 멀고도 험하다.

불교적 시각에서 인간에게는 좋은 친구로 볼 수 있는 네 종류의 사람이 있다.

첫째, 도움을 주는 친구

둘째, 행복할 때나 곤경에 처해 있을 때 한결같은 친구

셋째, 좋은 충고를 해주는 친구

넷째, 동정심 많은 친구

선한 일에는 즐거운 인과응보가 악한 행위에는 괴로운 인과응보(因果應報)가 필연적으로 따른다.

이렇게 자신이 지은 업의 인과응보로서 육도(六道) 중 하나에서 태어나서 생을 반복하는 것을 윤회(輪廻)라고 한다. 이것이 바로 인과 법이다. 육도윤회(六道輪廻)란 악업의 인과응보로 태어나는 지옥. 아귀. 축생의 세계를 삼악도(三惡道)라 하고 선한 일의 인과응보로 태어나는 아수라, 인간, 천신의 세계를 삼선도(三善道)라 한다. 그리고 이 여섯 가지 길을 돌고 도는 것을 육도윤회(六道輪廻)라고 한다.

우리는 현실 속에서도 육도윤회의 삶을 산다. 한없는 나락으로 추락하는 지옥 같은 현실, 아귀다툼하는 내 모습, 때로는 신(神)처럼 빼어난 모습이 바로 그 예(例)이다.

제3부

불교의 죽음관

3. 불교의 죽음관

대부분 인간은 평소 현재를 살아가면서 죽음을 기억하지 않는다. 아니, 생각을 하지 않고 일상을 살아간다. 그 이유는 마음의 여유가 없기 때문이다.

고대 로마 시대 황제는 메멘토 모리(Memento Mori)! 라틴어로 "항상 죽음을 기억(記憶)하라!"라는 뜻인데, 전쟁에서 승리했다고 너무 우쭐대지 말고 "오늘은 개선장군(凱旋將軍)이지만, 너도 언젠가는 죽는다. 그러니 겸손하게 행동(行動)하라." 이런 의미에서 생겨난 풍습이라고 한다.

고대 로마에서는 원정에서 승리를 거두고 개선하는 장군이 시가행진(市街行進)을 할 때 노예를 시켜 행렬 뒤에서 큰 소리로 메멘토 모리(Memento Mori)를 외치게 했다고 한다. 항상 죽음을 기억하라고 말하였다.

 인간은 생노병사(生老病死)의 흐름을 맞이하며 이제 현
생의 마지막 장소인 요양원(療養院)과 장례식장(葬禮式場)
에서 죽음을 정리하는 것으로 대부분 익숙해져 있다. 그
곳에서 우리는 정형화된 죽음을 보고 있다.

 그러나 이런 모습은 자연스러운 삶의 흐름에서 벗어난
것임을 쉽게 안다. 소크라테스의 변론(辯論)에서 플라톤
은 "죽음이 좋은 일이라는 희망(希望)에 대해 얼마나 좋
은 이유가 있는가?"를 이렇게 생각해 볼 수 있다. 죽음
은 둘 중 하나이다. 하나는 죽음이 실질적으로 아무것도
아니기 때문에 죽은 사람들이 자각하지 못한다는 것이
고, 다른 하나는 영혼이 어떤 변화로서 이곳에서 저곳으
로 이주하는 것이라는 생각이다. 이 후자의 죽음 관은 불
교(佛敎)의 윤회(輪廻)에 관한 생각과 비슷하다고 할 수 있
다. 80세의 나이로 열반(涅槃)한 부처는 "우선 죽음은 수
명이 다한 것이고 그 죽음은 나 스스로 맞이해야 하며
죽음으로 제자들을 버리고 간다."라고 말한다.

붓다는 제자들에게 "자신이 발견한 진리(眞理)와 승가(僧伽) 공동체(共同體)를 이루면서 만든 계율(戒律)을 잘 지키면 된다."라고 말한다. 그렇게 법(法)과 율(律)에 머물면 윤회를 버리고 고(苦)의 끝을 만들 수 있다고 강조한다.

불교에서 잘사는 길은 법(法)과 율(律)에 따라 사는 것이다. 법(法)은 연기법(緣起法)이고 율(律)은 공동체에서 생긴 문제를 해결하기 위한 타율적(他律的)인 율(律)이다. 이 규율은 진리(眞理) 추구에 도움을 얻고자 자신의 마음에 새기는 자율적인 계(戒)로 연결된다. 나는 다른 사람과 하나인 것이 아니고, 나는 나이다. 죽음을 마주한 부처가 말하였듯이 나는 그대들을 버리고 갈 것이고, 나는 나 자신을 의지처로 삼았을 뿐이다. 이를 삶의 독존성(獨存性)이라 부르는데 이는 다른 사람과 어울려 살아야 하지만, 그러나 그들과 죽음을 함께할 수 없다는 것이다. 즉 삼국지(三國志)에 나오는 도원결의(桃園結義)처럼 "태어난 시(時)는 다르지만, 죽을 때는 같은 시(時)에 죽는다."라는 맹세는 불가능(不可能)한 것이다.

불교적 관점에서 죽음에 대해 자세히 서술한 책은 티베트인 파드마삼바바가 저술한 『티베트 사자의 서』이다. 이책은 다음의 세 가지 특징을 가지고 있다.

첫째, 죽음의 기술에 관한 글이다. 죽음은 삶과 마찬가지로 하나의 기술이고 예술이다. 삶과 죽음은 하나의 기술이고 예술이라는 것이다. 인도 벵골 지방에 자파(신의 이름)와 타파스(고행)가 무슨 소용이 있는가, 만약 죽는 방법을 알지 못한다면? 이란 격언이 존재한다고 한다.

둘째, 이 책은 인간의 마지막 순간을 위한 영적 치료 교과서이고 죽음의 세계를 통과해서 다른 세계로 가려는 인간 영혼을 정화, 교육, 위로하는 강한 정신력을 갖게 하는 정신요법이라는 점이다.

셋째, 사후세계의 중간상태에 있는 동안에 사자가 겪게 되는 체험을 묘사하고 거기에 대해서 가르치는 책이라는 점이다. 저승길로 여행을 떠나는 자에게 지도책과 같은 역할을 한다는 점이다.

모두가 알듯이 기독교는 윤회와 환생에 대한 믿음을 거부하고, 단 하나의 우주만을 인정한다. 그리고 그것은 처음이자 마지막이다. 그리고 기독교는 두 개의 삶만을 인정한다. 하나는 지금의 육체를 가진 삶이고 다른 하나는 죽은 후 나중에 심판받아 부활한 육체를 가지고 살아가는 삶이다.

동양적 사고의 윤회는 동일한 영혼만의 재생을 의미한다. 그러나 기독교의 부활은 동일한 육체의 재생까지 의미한다. 또한 윤회설은 무수히 반복되는 삶을 이야기하지만, 기독교 부활론은 인간 삶을 단 두 종류로 구분하고 첫 번째 현재의 삶이 두 번째 삶, 즉 미래의 삶의 성격을 영원히 결정짓는다고 주장한다.

힌두교와 불교는 기독교처럼 단 두 번이 아니라, 윤회라고 부르는 이 탄생과 죽음의 사이클에서 해방되지 않으면 모든 존재는 끝없이 삶을 되풀이할 수밖에 없다는 것이다. 무수한 삶을 반복한다고 가르친다.

윤회에서 해방되어 대자유를 얻으려면 도덕과 헌신과 참다운 지식을 통해 무집착의 마음에 이르러야만 가능하다는 것이다. 집착이야말로 생과 사를 반복하게 만드는 원인이란 것이다. 이때 대자유란 공(公), 니르바나(열반) 등 여러 이름으로 불리는 궁극의 상태를 실현하는 것이다. 4대 종교는 인간의 육체가 죽은 후 여전히 존재하는 심령적이고 활동적인 요소가 있다고 믿는데, 그것은 참 나이다. 힌두교에서는 아트마(영혼), 이슬람교는 루(Ruh), 기독교에서는 영혼이라고 한다. 불교에서는 그것은 단지 정신, 신체적인 활동 복합체라고 한다. 이 복합체는 끝없이 변화한다는 것이다. 따라서 불교에서는 죽음이 절대적으로 마지막일 수가 없다. 모두에게 죽음은 단지 물질로 구성된 육체가 심령체, 의식체가 잠시 분리되는 것에 지나지 않는다. 죽음은 영혼 복합체가 육체를 벗는 것이고 탄생은 육체를 입는 것이다. 다시 말하면 죽음은 마지막이 아니고, 그 자체가 다른 형태의 삶으로 들어가는 하나의 입문식이라는 것이다. 티베트 사자의 서의 특이한 점은 죽음이 찾아온 순간 육체에 일어나는 현상에 대해 죽는 자와 그를 도와주려는 자가 마지막 결정적 순간에 어떤 준비를 해야 하는지를 아는 것이 절대적으로 필요하다는 사실이다. 죽음의 과정에서 임종자의 정신에 영향을 주어 어떤 소리가 들린다는 점과, 임종 전후 15시간까지 들린다는 것이다. 그 소리는 '윙

윙, 우르릉, 딱딱' 하는 소리라고 한다. 육체와 의식체의 분리가 효과적으로 이뤄지면 바르도 상태를 겪지 않는다. 바르도는 일단 의식이 단절되는 것을 말한다.

이 경우 사자에게 이 경전을 읽어주어야 한다. 이와 비슷하게도 가톨릭과 힌두교에서도 임종하는 사람에게 쉼 없이 기도문을 외고, 성인의 이름을 반복한다.

필자는 여기서 한 가지 의문점이 있다. 불교의 가르침과 차이 나는 부분이다. 사자의 서에서는 생전의 업(業)과 행위가 반영되지 않는 것이다.

만일 사후세계에 인간의 의식체가 과거의 카르마, 업(業)에 의해서 지배받는다면, 티베트 사자의 서에서 사자(死者)에게 임종 후 이렇게 하고 저렇게 피하라고 지시하는 것이 무슨 의미가 있을까 하는 점이다.

업(業)에 의해 모든 것을 결정하도록 되어 있다면 사자(死者)에게 충고하는 것은 무의미한 짓이기 때문이다. 그런데 4대 종교 중 하나인 힌두교에서는 카르마의 영향력에도 불구하고 아트마(영혼)는 본질적으로 자유롭다고 가르친다고 한다.

아마도 이것이 그 의문에 대한 해답일 것이다. 불교와 힌두교의 차이점이다. 사자(死者)의 서에는 한 영혼이 다른 영혼에 도움을 줄 수 있다고 말하는데, 그래서인지 사자(死者)를 위한 기도문의 필요성을 역설하고 있다.

가톨릭의 진혼미사, 이슬람의 파티하도 임종 시나 사후(死後)에 정상적 감각기관을 갖고 있지 않은 사자(死者)와 의사소통이 가능하다는 것을 의미한다고 할 수 있다.

살아있는 자는 반드시 죽는다. 그것처럼 확실한 사실은 없다. 그러나 죽음에 대한 깊은 이해는 삶을 그 뿌리부터 바꾸어 놓는다. 우리는 죽음에 대한 공포감을 지니고 삶을 살아간다. 그런데 우리 인간은 아직도 죽음에 대해 알지도 못하고 정면으로 응시하지도 못하고 두려움에 떨며 살아간다. 죽음의 그림자가 우리에게 다가올 때 두려운 나머지 우리는 의식을 잃기도 한다. 그런데 사자의 서에 의하면 한 번이라도 죽음의 순간에 의식을 가지고 남아있다면 죽음의 공포는 영원히 사라진다는 것이다. 만약 단 한 번만이라도 죽음이 어떤 것인지, 죽음 속에서 무슨 일이 일어나는지 볼 수만 있다면 다음번에는 그는 죽음을 두려워하지 않는다는 것이다. 왜냐하면 죽음은 더 이상 없을 것이기 때문이다. 죽음과의 전투에서 승리를 거둔다는 것은 아니다. 승리는 존재하는 것과의 대결에서나 가능한 것이다. 죽음은 단지 아는 것만으로도 사라지는 것이다.

이 세상에서 유일하게 확실한 것은 누구나 인간은 죽는다는 것이다.

우리 인간은 주변에서 죽어가는 사람들과 죽는 과정의 객관적인 현상만 보고 대부분 죽음을 두려워한다. 그리고 우리는 죽음에 대한 두려움과 공포감으로 죽지 않고 삶을 연장하는 일에만 신경을 쓴다.

그런데 사실 죽음은 주관적인 개인의 내적 현상이다.

그래서 죽은 사람에게 어떤 일이 일어나는지 아무도 알 방법이 없다.

그러나 티베트 사자의 서란 책에서 우리는 죽음의 순간부터 다시 환생하는 순간까지 죽은 자가 경험하는 모든 가정을 쉽게 이해할 수는 있다. 즉 죽음을 간접적으로 직접경험할 수 있게 되었다고 말할 수 있다.

티베트 사자의 서는 티베트어로 바르도 퇴돌(bardo

thodol)이라고 한다. 바르도란 인간이 죽어서 다시 환생할 때까지의 중간상태를 말하며, 이 상태에 머무는 기간은 인간에 따라서 다르긴 하지만 대략 49일로 알려져 있다.

그리고 퇴돌(thodol)은 "듣는 것을 통하여 영원한 해탈에 이른다."라는 뜻이다. 바로 죽음의 순간에 단 한 번 듣는 것만으로도 삶과 죽음의 수레바퀴를 벗어나 영원한 해탈에 이를 수 있는 가르침을 말한다.

이 바르도의 가르침은 단 한 번 듣는 것만으로도 심지어 인간이 이해하지 못한다 하여도 여기서 나오는 명상, 분위기, 소리, 형상에 관한 이야기를 들으며 흘러가는 것만으로도, 죽음의 순간에 도달하여 이 가르침을 모두 기억해 낼 수가 있다는 것이다. 왜냐하면 바르도의 상태에서 당신의 기억력은 더 좋아지기 때문이라는 것이다.

이러한 바르도의 명상은 죽은 후에 인간의 의식이 여행하는 바르도(중음)의 세계를 묘사하고 있으며, 모든 현상은 자기 마음의 투영이라는 것을 계속 인식하게 하여준다. 이를 통해서 자아의식이나 욕망에 대한 집착에서 벗어나 자신의 본래 모습을 깨달을 수 있다. 죽음을 해탈의 기회로 비약시킬 수 있다는 것이다. 죽음에 대한 깊은 이해는 인간의 삶을 그 뿌리부터 바꾸어 놓을 수 있다.

티베트 사람들은 그들이 인생을 살아가는 동안 이 사자의 서를 읽으며 익숙해져 있다. 죽음의 순간에 그리고 신체적 죽음 이후에도 한동안은 그의 스승이나 영적인 선생은 사자와 함께한다. 그래서 티베트 사람들은 사자가 의식적인 상태로 남아있고 더 낮은 단계의 길로 이끌리지 않고, 밝고 투명한 빛을 향하여 갈 수 있도록 살아 있는 동안에 들어온 이 가르침들을 끊임없이 상기시킨다.

대부분의 경우 의식체는 사자가 죽음을 맞이한 순간부터 3일 밤이나 4일 동안, 자신이 육체로부터 분리되었다는 사실을 알지 못한다고 한다. 기절 혹은 수면 상태에 빠진 것과 같다. 이 기간을 치카이 바르도(chikahi bardo), 즉 첫 번째 죽음의 순간의 바르도라고 부른다. 이 기간 존재의 근원으로부터 나오는 최초의 투명한 빛과 두 번째의 투명한 빛을 인식하지 못한다면 사자는 두 번째의 빛의 단계인 초에니 바르도(chosnyid bardo), 즉 두 번째 존재의 본래 모습을 체험하는 바르도로 들어간다. 그가 기절 상태에서 깨어날 때, 그의 눈앞에 상징적인 파란색, 흰색, 노란색, 빨간색, 초록색 등과 소리 그가 살아 있을 때 행한 행위에 따라 카르마 업(業)의 환영들이 나타난다. 그리고 사자는 그가 죽었음에도 불구하고 여전히 살과 뼈가 있는 육체를 갖고 있다는 착각에 빠져서 공포와 두려움을 느낀다는 것이다. 그 후 자신이 육체를 갖고 있지 않다는 것을 깨닫고, 육체에 대한 강한 욕망이 일어나게 된다는 것이다. 그리하여 육체를 찾아 환생의 길로 향하는 시드파 바르도(sridpahi bardo), 즉 세 번째 환생으로 향하는 바르도로 들어가게 된다. 그리고 마침내 자신의 카르마의 결정에 따라 이 세상이나 다른 어떤 세상에서 다시 태어난다는 것이다.

이 바르도의 상태는 꿈의 상태이며 다만 사자가 이것을 꿈의 상태인 것을 모르고 실재하는 체험이라고 믿는 것이라고 한다.

바로 이러한 바르도의 과정에서 사자가 의식을 잃지 않고 보이는 모든 빛과 색채, 소리와 환영들은 모두 자기 자신에게서 나오는 것이며, 존재의 본래 모습이라는 것을 인식시켜 영원한 해탈에 이르게 하려는 것이다.

바르도의 명상이라는 것은 세 부분으로 구성되어 있다.

첫째, 죽음의 순간에 나타나는 투명한 빛으로 사자를
인도하는 방법

둘째는 사후세계의 중간 상태에 놓인 사자를 존재의 근
원으로 인도하는 방법

셋째, 사자가 환생할 곳을 찾고 있을 때 자궁의 입구를
막거나 선택하는 것이다.

사후에 의식이 여행하는 바르도의 세계를 상상하면서 눈
앞에 나타나는 모든 현상은 자기 마음의 투영이라는 것을
계속해서 이야기한다. 이를 통하여 당신은 자아의식이나
욕망의 집착에서 벗어나서 자신 본래의 모습을 깨달을 수
있고, 죽음을 해탈의 기회로 비약시킬 수 있다는 것이다.

다음의 시를 감상해 보자

-죽음의 사신-

죽음의 사신이 언제 찾아올지

아무 생각 없고 귀 기울이지 않는 자는

누구나 남루한 육체에 머물며

오래도록 고통 속에서 살아가리라.

그러나 모든 성자와 현자들은

죽음의 사신이 언제 찾아올지 알고 있기에

결코 무분별하게 행동하지 않으며

고귀한 가르침에 귀 기울인다.

그들은 집착이 곧

생과 사의 모든 근원임을 알고

스스로 집착에서 벗어나

생과 사를 초월한다,

이 모든 덧없는 구경거리로부터 벗어나

그들은 다만 평화롭고 행복하리라

죄와 두려움은 사라지고

그들은 마침내 모든 불행을 초월하리라.

*고타마 붓다(앙굿타라 니카야(중지 아함경) 제3권 35장

죽음을 앞둔 사람들에게 가장 후회되는 일이 무엇이었던가? 즉, 다시 생(生)으로 돌아간다면 무엇을 하고 싶은가 질문했더니, 다섯 가지 후회스러운 '…라면'이 공통적으로 발견되었다고 한다. 그 …라면은 다음과 같다.

첫째, 남의 눈치 보지 않을걸, 스스로에게 좀 더 솔직한 삶을 살았더라면.

둘째, 쉬어가면서 살걸, 일만 그렇게 많이 하지 않았더라면.

셋째, 소극적이지 않고, 용기를 내어 내 마음을 전했더라면.

넷째, 친구들과 더 자주 연락했더라면.

다섯째, 행복을 포기하지 않았더라면.

인생을 풍요롭게 하는 것은 돈이 아니라, 좋은 인간관계, 좋은 경험, 그리고 좋은 추억이라는 것은 아닐까?

제4부

출가(出家)

4. 출가(出家)

불자(佛子)의 기준(基準)은 무엇인가? 불교(佛敎)에 호감(好感)을 느끼고 사찰(寺刹)에 자주 간다고 불자인 것은 아니다. 현대에 들어 불교에 관한 관심이 높아져서 불자(佛者)의 개념(槪念)이 넓어진 것은 맞다. 그러나 불교에서는 엄밀하게 불자는 삼보(三寶)에 귀의하는 것과 다섯 가지 계(戒)를 지키겠다고 맹세하는 것을 불자가 되는 첫 관문으로 여긴다. 불자가 되기 위해서는 먼저 삼보에 귀의하는 삼귀의계(三歸依戒)를 받아야 한다. 삼보는 불교에서 보배롭게 여기는 세 가지로 깨달음을 얻은 부처님(佛寶), 부처님의 가르침(法寶), 부처님의 법을 따라 전등의 역사를 이어온 승가(僧寶)를 가리킨다. 삼귀의(三歸依)를 해야 하는 이유는 출요경(出曜經)에 보면 "삼보에 귀의하면 원을 이루지 못함이 없고, 천인이 공양하는 바가 되며 스스로 깨달음을 얻어 영겁에 걸쳐 복을 받는다."라고 한다. 이렇듯 삼귀의(三歸依)는 불자(佛子)가 되는 첫 조건이다.

불자가 된다는 것은 삼보(三寶)에 귀의한 후 오계(五戒)를 소지하는 것으로 출발한다. 오계는 다음과 같다.

① 살생하지 말라(불살생, 不殺生),

② 남의 물건을 훔치지 말라(불투도, 不偸盜),

③ 음행을 하지말라(불사음, 不邪婬),

④ 거짓말하지 말라(불망어, 不妄語),

⑤ 술을 마시지 말라(불음주, 不飮酒)를 말한다.

계(戒)는 불교를 믿는 사람이 지켜야 하는 도덕적 수행으로, 오계는 나쁜 행위 중 대표적인 다섯 가지를 범하지 말라는 것이다. 악을 범하지 않고 평화로운 세상을 만들려는 것이 오계의 목적인 것이다. 오계는 현대에 전해 오면서 2024년 불교도 대법회에서 국민 오계로 변모한다. 모든 생명을 아끼고 보호하자, 남의 것을 탐하지 말고 나눔을 생활화하자, 신의를 지키며 심신을 맑게 하자, 나와 남을 속이지 말자, 내 정신과 몸에 해로운 것들을 멀리하자. 등 다섯 가지 덕목으로 수정을 가한다. 오계를 현대적으로, 현실적으로 재해석한 것이다. 계는 우리의 마음과 행동에 좋은 습관을 들이는 것이고 율법은 우리가 속한 공동체의 행복을 위해 절제하는 것이다. 사회가 맑고 건강해질 수 있는 토대를 마련하려는 의도가 가미된 것이다.

여기서 생각나는 것이 화랑도(花郞徒)의 세속오계(世俗五戒)와 삼강오륜(三綱五倫)이다.

오륜(五倫)은 다음과 같다.

부자유친(父子有親),

군신유의(君臣有義),

부부유별(夫婦有別),

장유유서(長幼有序),

붕우유신(朋友有信)이다.

오계(五戒)는 다음과 같다.

사군이충(事君以忠),

사친이효(事親以孝),

교우이신(交友以信),

임전무퇴(臨戰無退),

살생유택(殺生有擇)이다.

오륜(五倫)이 유교적(儒教的) 가치관(價値觀)이라면 오계(五戒)는 유교불교적(儒教佛教的) 가치관이다. 반면 불교(佛教)의 가치관(價値觀)인 오계(五戒)는 유교적(儒教的) 가치관인 오륜(五倫)에 없는 인(仁)의 가치관(價値觀)이 반영된 살생유택(殺生有擇)이란 항목이 있고 오계(五戒)가 화랑(花郎)이라는 준군사조직에 적용되는 특성을 반영하여 임전무퇴(臨戰無退)라는 용(勇)의 가치관(價値觀)이 있다는 것이 특징적(特徵的)이다.

세속오계(世俗五戒)는 만든 이가 신라 초기 원광법사(圓光法師)이다. 원광법사는 당(唐)나라 유학 후 귀국하여 화랑도(花郞徒) 조직(組織)에 깊이 관여한 분이다. 세속오계(世俗五戒)는 단순하게 신라(新羅) 화랑도(花郞道)의 규범으로 그치지 않고, 오늘날까지 우리의 삶에 교훈을 주는 중요한 가치 규범(規範)이다. 이렇게 비교해 보면 군신(君臣) 간의 가치관인 충(忠), 부자(父子)지간의 효(孝)와 벗, 나아가 사람 간의 가치관인 신(信)은 유교(儒敎)와 불교(佛敎)는 물론 도교(道敎)와 다른 모든 종교적(宗敎的) 차이(差異)를 불문하고 인간의 보편적(普遍的) 가치관(價値觀)에 해당한다는 것을 유추해 볼 수 있다.

불교에서 말하는 출가(出家)는 가출(家出)의 반대말이다. 가출(家出)은 개인적(個人的) 내면의 갈등으로 자신이 집을 나가는 것이다. 출가(出家)는 내면의 부름으로 중생 구제를 위해서 집을 떠나는 것이다. 석가모니가 왕궁에서 왕자로 태어나서 궁궐 밖의 생·노·병·사의 장면을 목격하고서 중생구제(衆生救濟)의 뜻을 세우고 번뇌와 고민의 해답을 얻기 위해 왕궁(王宮)을 나서 출가(出家)한 것이다. 며칠 전 필자는 TV에서 한 여성 사업가가 대도 조세형과 우연히 고속도로 휴게소에서 처음 만나 주변의 반대를 무릅쓰고 결혼한 여사장님의 파란만장한 이야기를 보았다. 아이를 낳아 인연을 이어가려 했지만 대도 조세형은 목사로 활동하며 행복한 생활을 하던 중 다시 절도로 구속되어 이분은 충격과 실망 속에 속세와 인연을 끊고 출가하여 현재는 한 사찰에서 비구니로 살아간다. 현재도 아들 생각에 눈물짓는 모습이 전파를 탄다. 인간의 삶은 이처럼 천당과 지옥을 이 삶 속에서 겪는 것이 아닌가? 조선시대 서산대사도 십 세에 부모가 연이어 돌아가시고 세상 풍파를 겪다가 출가하신다. 필자는 주변에서 출가하는 분을 본 적이 없다. 그런데 원주 이곳 불교대학에서 같은 기수로 입학한 삼십삼 세 도반이 어느 날 머리 깎고 출가하여 행자가 돼서 나타난 모습을 처음 목격하였다. 모든 동기 도반이 축하하며 박수로 화답한 경험을 하였다. 월정사에서 운영하는 한 달 기간의 단기출가 과정이 있다.

시간이 되면 가보고 싶다. 속세의 먼지를 털고 단기 출가하여 한 달간만이라도 정신 수양을 해보고 싶다.

출가(出家)는 개인의 자유(自由)를 위한 선택이라고 볼 수 있다. 그러나 현실적으로 살펴보면 제도권 안에서 만만치 않은 교육의 과정을 겪어야 한다. 사찰에서 처음 출가(出家)한 순간부터 칠일 이내에 종단에 행자 등록을 하면 정식으로 행자(수행자) 생활이 시작된다고 할 수 있다. 행자 등록은 행자가 조계종 스님으로 살아감에 있어 결격사유를 판단하는 첫 관문이다. 행자 등록신고서와 함께 혼인 관계 증명서, 가족관계(家族關係) 증명서, 최종학교 졸업증 명서(卒業證明書), 신원조회서 등을 제출해야 한다. 파렴치 범으로 판단되는 자의 경우 조계종 교육원 내규에 따라 범위와 심사를 거쳐 행자 등록 여부를 판단한다고 한다. 행자 교육은 일상교육과 입문교육, 수계교육 등으로 구분 한다. 기본교육(基本敎育)은 기초교리와 염불 습득, 사찰 예절에 관한 사항을 배운다. 우선 이론교육은 '부처님의 생애' '기초교리' '불교 입문' '불교 성전' '초발심자경문' '간화선 입문' 등 11개 필수교재를 통해 올바른 불교관을 익히고 수행자상을 확립한다. 또한 합장. 반 배. 절하는 법. 법당 출입 예절, 도량 예절, 스님을 대하는 법, 불상, 불보살의 이해 등을 시작으로 불구 다루는 법과 예불 준비,

예불기도, 운력 및 소임의 이해, 좌선의 이해 및 스님 시봉, 사찰 및 주련·전각·사물의 이해 등 사찰 생활에 필요한 기본적인 지식과 예법, 의미를 익힌다. 염불은 스님으로서 살아가는 데 필요한 기본 소양이라는 점에서 특별히 강조되는 교육이다. 일 개월 차부터 조석 예불문과 반야심경을 시작으로 천수경, 도량설, 이산 혜안 선사 발원문, 행선축원, 각단 예경과 법성게, 약찬게 등의 암송 및 실수교육이 단계별로 진행된다고 한다.

  행자 교육 시작 후 삼 개월 이내 교육원에서 시행하는 의무교육인 입문교육을 이수해야 한다. 육 개월간 일상교육과 입문교육 등 필수교육을 이수한 행자는 교육원이 시행하는 수계교육을 받게 된다. 조계종은 출가 연령을 십삼 세 이상 오십 세 이하로 규정하고 있기 때문에, 입교일 기준 제한이 충족돼야 하며, 학력은 고졸 혹은 동등 이상의 자격을 갖추어야 한다. 혼인한 경우에는 법적으로 이혼이 성립된 지 육 개월이 지나야 한다. 금치산자와 한정치산자, 친권을 유지하고 있거나 신체상의 장애가 현저해 승가의 일상생활이 불편한 자 등도 수계교육 대상에서 제외된다. 이 같은 절차를 거쳐 수계교육에 입교하게 되면 행자교육원에서 15일간의 교육을 이수한 후 오급 승가 고시를 통과하면 비로소 사미. 사미니계를 받고 예비승려 자격을 얻게 된다.

행자 교육을 이수한 사미·사미니계 소지자들은 다음 단계로 기본교육(基本敎育)을 이수해야 한다. 기본교육은 계·정·혜 삼학의 구족, 선종의 가르침을 중심으로 제 종의 가르침을 포괄, 자비구현 불교, 사회와 역사에 부흥하는 불교 등을 배우고 익히는 거를 목적으로 한다. 교육 기간은 총 4년으로, 사찰승가대학과 중앙승가대학, 동국대(서울·경주), 기본선원(수행도량)들에서 기본교육 과정을 이수하게 된다. 전국에 분포된 사찰승가대학은 사미를 대상으로 해인사, 송광사, 수덕사, 범어사, 불국사, 쌍계사, 화엄사. 동화사, 통도사, 법주사 승가대학과 사미니를 대상으로 봉녕사, 동학사, 청암사, 운문사 승가대학이 있다. 승가대학 표준교육 과정은 총 34과목이다. 초기불교, 대승불교, 선불교, 한문 불전, 계율과 불교 윤리. 불교와 불교사, 포교와 실천 분야의 28과목은 필수이며 초기불교,

대승불교, 선불교, 불교와 불교사, 포교와 실천 분야의 선택과정에서 추가로 6과목을 이수해야 한다. 이를 통해 조계종지를 체득하고 초기 대승 경전에 대한 이해를 높이며 교학과 율장, 불교 사상사와 조계종사에 대한 올바른 이해를 돕기 위함이다. 기본교육을 이수한 사미, 사미니는 4급 승가 고시에 응시할 자격이 주어진다. 4급 승가 고시는 매년 3월경 자유 서술 형태의 논술, 객관식, 염불 실수로 진행한다. 통과할 경우 비구·비구니계(구족계)를 수지, 법계는 견덕(비구), 계덕(비구니)으로 상승한다. 구족계를 수지한 비구·비구니는 선원법에 따라 대중 방부를 받는 비구·비구니 선원에 입방해 수행할 수 있다.

교육 체계상 다음 단계로 전문. 특수 교육의 이수이다. 사찰 승가대학원에서는 이 년간 전문교육 과정을 배우거나 한국불교 전통의례 전승원에서 이 년간 특수교육 과정을 배울 수 있다. 특수교육우 불교 음악범패 등을 전수, 교육하는 것을 목적으로 하는 한국불교 전통 의례 전승원과 전통불교 의식인 어선 작법의 보전, 계승을 목적으로 하는 어산 작법학교가 운영 중이다. 전문교육과 마찬가지로 이 년간 기본교육 과정을 이수한 뒤 2~3년 기간의 심화 과정을 배울 수 있다. 이 경우에도 삼급 승가 고시 응시자격이 주어지는데 삼급 승가 고시는 매년 시월 객관식과 자유 서술 형태의 논술, 수행 이력평가 및 면접으로 진행되며, 통과 시 중덕(비구), 정덕(비구니)법계를 받게 된다. 중덕, 정덕 법계부터 본사 국장 및 중앙종무기관 국장 소임을 맡을 수 있는 자격이 부여된다.

승랍 이십오 년 이상 스님은 일급 승가 고시를 통해 종덕(비구), 현덕(비구니) 계를 품 수할 수 있다. 승가 고시는 면접으로 진행되며 본 사주지, 계단 위원, 법규위원장, 호계위원, 법규위원 등 주요 지도자 소임을 맡을 자격이 부여된다. 승랍 삼십 년 이상부터는 특별전형으로 법계 상승이 이뤄진다. 특별전형은 법계 법 규정에 따라 중앙종회 동의와 원로회의 심의로 진행된다. 승랍 삼십 년 이상 스님은 특별전형을 통해 종사(비구), 명덕(비구니) 법례를 품 수하며 총무원장, 교육원장, 포교원장, 고시 위원장, 호계원장, 계단삼화상, 법계 위원 등 고위 지도자 자격이 부여된다. 승랍 사십 년 이상 특별전형을 통과한 스님에게는 종단 최고 지위인 대종사(비구), 명사(비구니) 법계가 주어진다. 종정, 전계대화상, 원로의원, 법계 위원장을 비롯한 최고 지도자 자격이 부여된다.

제5부

불교의 핵심 개념

5. 불교의 핵심 개념

육근(六根), 육경(六境), 108번뇌(煩惱), 무아(無我), 오온(五蘊), 공(空)사상, 사성제, 십이 연기설 등이 불교의 핵심 개념이라고 할 수 있다.

우리는 일상생활을 하며 백팔번뇌(百八煩惱)라는 말을 자주 듣고 사용한다. 필자는 25년 전 모임에서 지인들과 동남아시아 말레이시아에 골프 여행을 갔다 온 기억이 있다. 일정 중에 한 선배분이 108 골프를 치자고 제안하였다. 지금 생각해 보니 그분은 불자(佛者)였다. 처음 그 말을 듣는 순간 그분을 제외하고 우리 일행 세 명은 그 말의 의미를 이해하지 못하였는데 108 골프란 하루 동안 골프장 108홀을 라운딩하는 것이었다. 대신 시간이 부족하니까 드라이버, 7번 아이언 하나만 사용하고 그린에서 퍼터는 단 한 번만 하고 1홀을 마치는 방식으로 진행한다. 아침 5시 반부터 시작하여서 54홀 골프장을 2번 라운딩하니까 저녁 7시쯤 경기를 마친다. 경기 참여자 모두 파김치가 된 경험을 한 적이 있다. 이것이 108 골프였다. 귀국 후 다리가 아파서 병원에서 물리치료를 받았다.

　인간의 번뇌는 108가지가 있다고 한다. 불교에서 말하는 108번뇌는 어떻게 생기고 어떻게 구성되는지 자못 궁금하지 않을 수 없다. 불교대학에서 자세히 이해된 것은 큰 기쁨이었다. 불가에서 말하는 108번뇌란 숫자는 안, 이, 비, 설, 신, 의(眼耳鼻舌身意) 육근(六根)과 색, 성, 향, 미, 촉, 법(色聲香味觸法)의 육경(六境), 그리고 좋음, 나쁨, 중간이라는 호악평등(好惡平等)에다가 과거, 현재, 미래가 끊임없이 작용하여 생기는 것을 말한다. 즉, 육근(六根)에 육경(六境)을 더하면 12개이다. 거기에다가 호, 악, 평등의 3을 곱하면 36가지의 번뇌가 생기며 여기에다가 과거, 현재, 미래의 세 가지 시간이 결합하여 총 108가지 번뇌가 형성된다. 인간의 번뇌를 이처럼 과학적이고 체계적으로 설명한 것은 보기 드문 이론이다. 절에서 108배를 하는 이유는 108번뇌를 참회하고 번뇌를 소멸시키기 위한 수행의 의미를 뜻한다. 번뇌는 고통의 근원이 되는 마음의 어지러움, 즉 탐욕(욕망), 분노, 어리석음 등의 감정과 집착을 의미한다. 자세히 보면 탐욕에는 질투, 집착, 인색함, 색욕, 탐식, 허영심 등이 있고, 분노에는 짜증, 미움, 원망, 비난, 오만, 증오심(憎惡心) 등이 있다.

어리석음에는 혼란, 의심, 게으름, 무기력, 망상, 편견 등이 있다. 그래서 염주(念珠)도 108알로 구성되어 있다. 108알은 108번뇌를 의미한다. 염주를 돌릴 때마다 하나의 번뇌를 내려놓는다는 상징이 있다. 108배 절하는 것, 108번 타종하는 것 등도 108 염주 알을 돌리는 것과 마찬가지 행위이다. 염주는 마음을 비우고 돌아보는 작은 도량과 같다. 참고로 야구공도 바느질한 매듭이 108개라고 한다.

1) 사성제(四聖諦)와 팔정도(八正道)

　불교에서 괴로움의 원인과 소멸을 설명하는 핵심 교리는 사성제(四聖諦)이다. 즉, 고집멸도 개념이다.

　첫째, 고(苦): 삶은 고통이다.

　둘째, 집(集):그 고통의 원인은 108번뇌이다.

　셋째, 멸(滅):번뇌를 없애면 고통도 사라진다.

　넷째, 도(道):그것을 없애는 길이 수행이다.

　불교의 참선과 수행을 위해서 108번뇌를 극복하고 마음의 평화를 얻는 것은 개인의 성장과 행복을 위해서 중요한 역할을 할 수 있다고 본다.

　여기서 집(集)에 해당하는 것이 바로 108번뇌이다. 그리고 이를 없애려는 방법이 계(戒), 정(定), 혜(慧)의 삼학(三學)을 중심으로 수행하는 것이다. 108번뇌는 우리가 살아있는 동안에 끊임없이 반복하여 작용한다고 한다. 그러니 육근(六根)이라는 안(眼), 이(耳), 비(鼻), 설(舌), 신(身), 의(意)를 조정하는 나의 마음을 잘 다스려야만 건강한 삶을 오래 유지할 수가 있다는 것이다.

수행은 마음을 닦는 일이지만 수행에 필요한 도구들이 있다. 108번뇌를 상징하는 염주, 마음을 비치는 불상, 지혜를 새기는 경전과 사경 노트 등 모든 것이 수행을 위한 거울이자 다리가 된다고 볼 수 있다.

돈오(頓悟)는 단박에 깨닫는 것을 의미하고 점수(漸修)는 점진적인 수행을 말한다. 불교 수행자가 궁극적으로 추구하는 깨달음에 이르는 과정에는 순간적인 깨달음이 필요하고 그렇게 깨달음을 얻었다고 해도 점진적인 수행, 즉 점수(漸修)는 계속되어야 하지 않을까! 불교에서 인간존재를 구성하는 다섯 가지 요소를 오온(五蘊)이라 하며 색(色), 수(受), 상(想), 행(行), 식(識)을 말한다. 물질과 정신을 5분 하여 색(色), 수(受), 상(想), 행(行), 식(識)의 5가지 요소를 오온(五蘊)이라고 한다.

오온은 물질적인 색온과 결합하여 심신(心身)을 이루므로 명색(名色)이라고 부른다. 참선의 주된 목적은 오온이 참 나, 즉 본래 면목이 아님을 깨닫는 것이다. 오온을 간단히 예를 들어 설명한다면 색온(色蘊)은 육체, 물질, 몸. 수온(受蘊)은 감각, 느낌. 상온(想蘊)은 생각, 상상하고 연상하는 것. 행온(行蘊)은 욕구 행위, 의지(意志) 등. 식온(識蘊)은 식별하고 구별하며 판단하는 의식이라고 말할 수 있다.

오온(五蘊)은 실체가 없으며 개인은 이 요소들의 집합일 뿐이라는 관점이 무아(無我)이다. 불교에서는 일체의 중생이 색(色), 수(受), 상(想), 행(行), 식(識), 즉 형상(形相), 기욕(嗜慾), 의념(意念), 업연(業緣), 심령(心靈)이라는 다섯 가지에 의해 이루어진다고 여긴다.

욕탐(欲貪)으로 인해 오온이 오취온(五取蘊)으로 변하며 이는 고통의 근본 원인이다. 오온(五蘊)은 드러나는 현상일 뿐 실체가 없고 변하며 허공처럼 존재한다는 것을 공(空)이라 한다.

이처럼 무아, 고통의 원인, 공(空)에 대한 이해 등의 불교 교리는 명상과 수행을 통해 자아에 대한 집착을 극복하고 궁극적 자유를 추구하는 핵심 개념이다. 인간을 속박하는 것이 오온이다. 오온은 사람 간 만남에 의해 쌓이거나 모인다고 본다,

세상에서 일어나는 만물의 성질을 색(色)이라고 하고 이 색을 눈으로 보고, 귀로 듣고 코로 냄새를 맡고 혀로는 맛을 보고 몸으로는 촉감을 느끼고, 뜻으로 생각을 하는 것을 수(受)라 한다.

불교의 기본 교리는 사성제와 이것의 해결을 위한 열반 해탈에 이르는 수행방법인 도(道)가 팔정도(八正道)이다.

① 고집멸도(苦集滅道): 불교의 사성제(4가지 진리)

  (1) 고제: 현실은 괴로움(생·노·병·사)

  (2) 고집제: 괴로움의 원인은 무명과 갈애등 번뇌이다

    (108번뇌: 안(眼), 이(耳), 비(鼻), 설(舌), 신(身), 의(意)

  (3) 고집멸제: 번뇌를 멸해 열반·해탈에 이르는 상태를 말함

⑷ 고집멸도제: 열반에 이르는 실천 수행, 즉 팔정
도를 제시함

② 팔정도(八正道)

⑴ 정견(正見): 올바른 이해, 바른 견해와 올바른
생활 규범

⑵ 정사유(正思惟): 올바른 생각

⑶ 정어(正語): 올바른 말.

⑷ 정업(正業): 올바른 행동,

⑸ 정명(正命): 올바른 생활

⑹ 정정진(正精進): 올바른 노력

⑺ 정념(正念): 올바른 마음 챙김

⑻ 정정(正定): 올바른 집중

지혜(知慧)만 있고 신천(實踐)이 없으면 공허(空虛)해지고,

행동(行動)만 있고 지혜(智慧)가 없으면,

근본(根本)이 없어 보인다고나 할까!

명상(冥想)만 하고 사회생활(社會生活)을 무시하면 현실(現實)에서 소외(疏外)당하는 것은 당연(當然)한 일이다.

그래서 깨달음을 추구(追求)하려는 자는 위의 여덟 가지를 균형(均衡) 있게 같이 실천(實踐)하는 것이 중요하다고 생각된다.

사성제(四聖諦)의 도(道)가 팔정도(八正道)이고, 고통(苦痛)을 없애는 구체적(具體的) 길이다.

2) 공사상(空思想)

　수(受)로 인해 일어나는 생각인 상(相)과 이러한 수(受)와 상을 거쳐서 실행하는 행(行)을 통하여 진짜 모습을 인식하고 옳고 그름과 선, 악, 아름다움과 추함을 식별하는 행위인 식(識)을 하게 되는 모든 것을 공(空)이라고 인식할 때 자신에게 일어나는 고뇌, 번민, 재앙에서 벗어날 수가 있다는 것이 불교 깨달음의 핵심(核心)사상이라 할 수 있다.

　공사상은 다음과 같다.

　① 현세의 갖가지 번민인 － － － － － 고(苦)
　② 번민이 모여있는 － － － － － － － 집(集)
　③ 깨달음의 세계로 건너는 － － － － 멸(滅)
　④ 깨달음을 얻는 방법인 － － － － － 도(道)

　즉, 고집멸도(苦集滅道: 사성제라고 한다)가 무(無)로 돌아간다는 것을 말한다. 이처럼 불교에서는 세상의 모든 것은 공(空)한 것이므로 진짜 모습이 아니라 가짜, 거짓 모습인데 우리는 진짜 모습으로 착각하기에 번민이 나온다고 한다. 공의 실상을 인식하고 그 집착심을 완전히 없애는 것이 불교의 핵심 사상인 것이다. 이런 불교의 법을 말로 설파하는 것은 소승(小僧)이고, 이런 논리나 언어마저도 없애는 것이 대승(大僧)이라는 것이 금강경(金剛經)의 가르침이다. 부처의 가르침을 말하고 있는 것은 불법(佛法)이지만 그 가르침을 말로 전파하는 것은 불법(佛法)이 아니다. 그 이유는 공(空) 사상과 모순되기 때문이다.

공(空)을 깨닫는 단계는 깊은 지혜를 가지고 자유자재로 세상의 변화를 관찰할 수 있고, 사람을 이끌고, 피안(깨달음의 세계)에 도달하는 것을 실천할 때에 인간을 속박하는 오온이 공(空)이 된다는 것을 깨닫게 된다고 한다. 중생들이 자신에게 일어나는 고뇌 번민 재앙을 겪으며 고통을 받는데 이 고통이 시련이 될 수도 있고, 극복하여 벗어나게 된다면 자기 발전의 계기가 될 수도 있다.

이문열의 소설 『선택』은 조선시대 양반가의 여성인 정부인(貞夫人) 장계향의 일생을 그린 작품이다. 이문열은 장계향과 같은 마을에서 서로 경상북도 두들마을의 이웃집에 시차를 두고 삶을 영위한 인연으로 이 소설을 썼다고 한다. 이문열 소설 『선택』 서문을 잠시 인용한다. 이는 장계향 자신의 본래 모습을 불교적 공(空)사상의 시각에서 비슷하게 서술하고 있다. 이 소설의 주요 무대는 경상북도 청송 지역으로 필자가 지난여름 방문하여 1박한 장소인데 오래된 한옥들이 주변에 널려있으며 한적한 곳이다.

공(空)은 어떤 존재가 하나의 모습으로 특정되지 않고 변하는 모습을 말한다. 즉, 고정된 실체는 없다는 것이다. 색즉시공(色卽是空), 공즉시색(空卽是色)인 것이다.

"세상(世上)의 슬픈 딸들에게 말한다. 나는 조선왕조 선조 연간에 태어나 숙종 연간에 이 세상을 떠난 한 이름 없는 여인의 넋이다. 이 세상에서 나를 특정하는 유일한 기호는 아버지의 핏줄을 드러내는 장(張)이라는 성씨와 훌륭한 아들을 길러 나라에서 내린 정부인(貞夫

人)이란 봉작(封爵)뿐이다. 그나마 그 둘을 결합해서야 겨우 딸이거나 아내이거나 어머니거나 며느리 또는 할머니라는 여인 보편의 이름에서 나를 특정해 낼 수 있다. 나를 수백 년 세월의 어둠과 무위 속에서 불러낸 것은, 너희 이 시대를 살아가는 웅녀(熊女)의 슬픈 딸들이었다. 너희 성난 외침과 괴로운 부르짖음이 나를 영겁의 잠에서 깨웠고, 삶을 덧없어하는 한숨과 그 속절없음에 쏟는 넋두리가 이제는 기억에서 아련해진 내 한살이 생을 돌아보게 하였다. 이 땅에서 내 팔십 년을, 그 숱한 크고 작은 선택들을…."

　기쁘고 즐겁기 위해서 온 것이라면 이 세상은 태어나는 순간부터 고통의 도가니이다. 반대로, 삶을 견디며 채워나가야 하는 어떤 것으로 본다면 과장해야 할 고통도 없으며, 오히려 세상은 살아볼 만한 곳이 될 수도 있다. 이문열의 소설 『선택(選擇)』에서 장계향의 삶은 소녀(少女)시대, 아내, 어머니, 할머니의 네 시기로 나누어 시기마다 겪는 내적 갈등을 극복하기 위한 선택의 의미를 다룬다. 장계향은 전통적(傳統的) 가치와 현대적(現

代的) 가치의 충돌 속에서 자신의 길이 단순한 희생이 아닌 선택이었음을 후대에 전한다. 그녀는 여성의 자기 성취와 가정, 모성의 의미를 다시 생각해 보라고 당부하며, 삶의 마지막 순간까지 자신의 신념을 지킨다. 개인의 자아를 내려놓고 가족과 문중(門中)을 택하는 선택을 한다. "어차피 두 가지를 추구할 수 없다면 결국 어느 한쪽을 우선시키지 않으면 안 된다면 내 선택은 바뀌는 수밖에 없다. 이어지는 세상이 없다면 무엇을 남긴들 무슨 소용이 있겠는가! 아니, 그 이상 아내로서 이 세상을 유지하고 어머니로서 더욱 나은 다음 세상을 준비하는 것보다 더 크고 아름다운 일이 어디 있겠는가!" 그녀는 전통사회의 핵심 가치를 체득하고 창조한다. 정신적 문화유산의 변화에 대한 위기위식을 느끼며 정도의 차이를 본질의 차이로 몰아대지 말아라. 나는 일찍이 삶의 중요한 내용을 사람과 사람이 맺는 관계(因緣)에서 찾는다. 사람과의 관계(關係)가 끝나면 삶도 끝이 난다. 그런데 세월은 사람의 목숨보다 먼저 사람과의 관계를 줄여나간다. 언젠가는 내가 알던 모두가 이 세상을 떠날 것이다. 그리하여 나와는 완전히 무관한 사람들만 남아있는 세상을 혼자 살아가야 한다면 그 삶은 얼마나 끔찍한 형벌일까?

장계향은 소녀, 엄마, 할머니, 정부인(貞夫人)으로 자신이 변모하는 과정에서 나는 무엇인가 고민하기도 하는데, 이는 불교의 공(空) 사상과 유사한 면이 있다.

규정되지 않은 존재 그것이 나인 것이다. 개인의 욕심 때문에 생기는 번뇌보다 그것으로 말미암아 다양한 결과(結果)가 생기기에 번뇌(煩惱)를 한마디로 규정하기는 어렵다. 그래서 비워두는 것이 편하기에 공(空)이라고 부르는 것일지도 모른다. 일반인이 공(空) 사상을 깨닫는 것은 힘들며 큰 노력이 필요하다고 여겨진다. 현장 스님은 삼장법사(三藏法師)이고 삼장법사는 경장, 율장, 논장을 암기하는 분이다. 그의 제자 중 손오공(孫悟空)은 공(空)사상을 깨달은 사람, 사오정은 정을 깨달은 사람, 저팔계(豬八戒)는 10계 중 먹는 거 관련 두 가지 계율은 못 지킬 것 같아서 반납하고, 팔계를 지키는 것으로 묘사되고 있다.

주지하듯 저는 돼지 저(猪)이다. 일반인이 공(空)이라는 개념을 이해하기 위해서는 서로 모여 현실에서의 문제를 토론하며 마음을 교감하는 것이 필요하다고 생각된다.

3) 십이 연기법(十二緣起法)

십이연기법은 인연법(因緣法)이라 부르는 진리이다. 이 세상의 모든 존재와 현상이 인(因)과 연(緣)(직접, 간접원인)에 의존하여 성립한다는 법칙이며, 이 연기의 이치를 깨치면 부처를 볼 수 있다고 한 궁극의 진리이다. 제행(諸行)이 무상(無相)하고 제법(諸法)이 무아(無我)인 것도 모두 연기(緣起)의 이치에 따르기 때문이다. 끊임없이 인(因)과 연(緣)이 바뀌고 변하기 때문에 인연의 나타남도 무상(無常)하며 나 혼자 독자적(獨自的)으로 있을 수 있는 실체가 없기 때문에 제법도 무아(無我)이다. 모든 존재(存在)와 현상(現象)은 시간적(時間的)으로 원인과 결과의 관계로 성립하고 공간적(空間的)으로는 상호의존(相互依存)하는 상의 관계이다.

12연기설은 12연이, 12인연이라고도 하는데 다음과 같다.

① 무명(無明): 지식이 없는 것

② 행(行): 과거 현재 해온 것이 쌓여 만들어진 업(業: 카르마)

③ 식(識): 어떤 것을 다른 것과 구분할 줄 아는 것

④ 명색(名色): 물질에 대한 정신작용으로 마음이 외부 대상에 가는 것

⑤ 육입(六入): 감각기관으로써의 몸 외부 대상과 관계를 맺는다.

⑥ 촉(觸): 접촉

⑦ 수(受): 접촉했을 때의 느낌

⑧ 애(愛): 갈증, 욕구나 욕심

⑨ 취(取): 계속해서 원하는 집착상태

⑩ 유(有): 집착으로 인해 원하는 것이 계속 있다고 생각하는 것

⑪ 생(生): 있다라고 여기는 생각으로부터 어떤 관념이 태어나는 것

⑫ 노사(老死): 태어난 모든 관념과 나라는 자아도 결국 시간이 지나면 없어진다의 12가지, 즉 십이 요소로 된 연기설(緣起說)이다.

따라서 '있다라는 생각'은 결국 허상이었음이 밝혀진다.

십이연기를 역으로 해석하면 다음과 같다.

① 늙고 죽는 것의 전제는 태어남이다.

② 태어남의 전제는 무엇인가가 있음이다.

③ 있음의 전제는 그것을 반복해서 상기하는 집착이다.

④ 집착의 전제는 원함(愛)이다.

⑤ 원함의 전제는 좋은 느낌이다.

⑥ 느낌의 전제는 접촉이다.

⑦ 접촉의 전제는 감각기관이다.

⑧ 감각기관의 전제는 물질에 대한 정신의 관심인 명색이다.

⑨ 명색의 전제는 구분하는 의식이다.

⑩ 의식의 전제는 이때까지 해온 것들인 행이다.

⑪ 행의 전제는 절대적으로 변하지 않는 명확한 지식이란 없다는 것이다.

⑫ 오직 변하는 지식이 있을 뿐이다.

십이연기를 정방향으로 해석하면 다음과 같다.

① 애초에 절대적이고 변하지 않는 지식은 없다.

② 우리는 행위를 통해 경험을 쌓아

③ 그 것들을 의식으로 구분하였고

④ 이런 의식의 분별하는 힘은 물체에 대한 정신의 관

　심을 통해

⑤ 감각기관과 연관되었으며

⑥ 감각기관은 외부의 대상과 접촉하여

⑦ 호불호(好不好)를 느끼고

⑧ 느낌에 따라 그것을 원하게 되며

⑨ 그러한 원함은 직접적으로 필요가 없을 때도 열망

　으로 남게되어 집착을 만들고

⑩ 집착은 반복을 통해 의미를 존재케 하며

⑪ 이러한 익미는 나라는 자아를 탄생시키고

⑫ 나라는 자아라는 것도 시간이 지남에 따라 언젠가

　없어진다.

즉, 우리는 나라는 존재가 시간이 지남에 따라 언젠가 없어짐에 괴로워 하지만, 자아, 집착, 호불호, 접촉, 몸, 의식, 업, 절대적 진리 등의 모든 앞선 12연기의 요소들이 고통의 원인이라는 것을 알지 못한다는 것이다.

그래서 이것을 깨달음 없이 반복하게 됨으로써 괴로움 속에서 계속 살게 된다는 것이다.

무명(無明)은 십이연기 자체에 대한 무지이고 모든 것은 서로서로 관련되어 있다는 연기법을 자각하지 못하는 어리석은 상태와 나라고 할 수 있는 유일하고 독립적인 실체가 없는 내가 영원히 존재할 것으로 믿는 착각과 망상의 상태를 말하는 것일 수 있다.

잡아함경(雜阿含經) 제12권 제298경 법(法), 설(說), 의(義), 경(經)과 연기경(緣起經)에서 고타마 붓다는 연기법의 법과 의, 즉 연기법 특히 연기의 정의와 본질 그 자세한 모습에 관해 설명하고 있다.

이 경전에 따르면 연기법(緣起法)에서 법(法)은 연과 기를 뜻하는데,

연(緣)이란 이것이 있으면 저것이 있다는 것을 의미하고, 기(起)란 이것이 일어나면 저것이 일어난다는 것을 의미한다.

．

구체적으로 연(緣)은

무명연행(無明緣行)

행연식(行緣識)

식연명색(識緣名色)

명색(名色)

연육입(緣六入)

육입연촉(六入蓮燭)

촉연수(觸緣受)

수연애(受緣愛)

에연취(愛緣取)

취연유(取緣有)

유연생(有緣生)

생연노사(生緣老死)의 일련의 인과관계(因果關係) 과정

을 말하고,

기(起)는 이 과정을 통해

① 추(愁, 걱정)

② 탄(歎, 탄식)

③ 고(苦, 고통)

④ 우(憂, 근심)

⑤ 뇌(惱, 괴로움)가 일어나는 것을 말한다.

쉽게 다시 설명하면 무명(無明)은 진리에 대한 무지(無知), 즉 삶의 괴로움의 원인(原因)을 모른다는 것이다.

① 행(行)은 의지적인 업(業)을 의미하며

② 무지(無知)로 인해 생긴 의도적 행위(업)을 말한다.

③ 식(識)은 의식의 연속성을 말하며 업에 의한 의식의 결정이다.

④ 명색(名色)은 정신과 육체이며 태아의 초기 정신·물질구조이다.

⑤ 육입(六入)은 6 감각기관 형성을 말하며 눈. 귀.

코. 혀. 몸. 뜻(意)의 형성이다.

⑥ 촉(觸)은 감각적 접촉이며 감각기관이 대상과 만나는 것이다.

⑦ 수(受)는 느낌을 말하며 접촉에 따른 즐거움, 고통 등이다.

⑧ 애(愛)는 집착, 갈애(渴愛)이며 기쁨에 집착, 고통은 거부한다.

⑨ 취(取)는 더 강한 집착이며 욕망이 강화되어 고정된 성향으로 되는 것을 말한다.

⑩ 유(有)는 존재, 업의 결정이며, 업이 쌓여 다음 존재(存在)가 형성된다.

⑪ 생(生)은 새로운 생이 생기는 것이고 다음 생이 태어난다.

⑫ 노사(老死)는 늙고 죽음이며, 삶의 끝, 고통의 완성을 말한다.

즉, 고(苦)의 발생구조는 무지(無明)-업(行)-의식(識)-정신과 몸(名色)-감각기관(六入)-접촉(觸)-느낌(受)-애착(愛)-취착(取)-존재 형성(有)-생(生)-늙고, 죽음(老死)이다.

중아함경에 따르면 이러한 십이연기는 일어나기도 하지만,

거꾸로 끊어낼 수도 있다. 즉, 다음처럼 말이다.

① 애(愛)를 끊으면 취(取)가 사라지고

② 취(取)를 끊으면 유(有)가 사라지는 것이다.

③ 무명(無明)을 끊으면 전체 윤회(輪廻)가 멈춘다. 즉

④ 무명(無明)이 소멸하면 행(行)이 사라지고,

⑤ 행(行)이 사라지면

⑥ 식(識)이 사라지며,

⑦ 마침내 늙고(老) 죽음(死)이 사라진다는 것이다.

육식(六識)은 눈(眼), 귀(耳), 코(鼻), 혀(舌), 몸(身), 뜻(意) 여섯 가지 식이며 아뢰야식(阿賴耶識)은 일종의 업(業)의 저장소로서 일체 경험과 업(業)이 저장된 장소이다.

제8식인 아뢰야식은 알아차리는 근본의식으로 윤회

(輪廻)의 흐름에서 특히 대승불교(大乘佛敎)에서 중요한 개념이다.

원효대사가 주석을 단 대승기신론(大乘起信論)에서 식(識)은 업의 씨앗을 저장하며 윤회의 근본이다. 장아함경(長阿含經)에서 식이 없으면 명색(名色)이 일어날 수 없다. 즉 다음 생(生)도 없다고 한다.

즉, 윤회는 식과 업의 관계에서 이렇게 일어난다고 할 수 있다.

첫째, 현재 삶에서 업(業)을 짓는다. 행(行)으로 업(業)이 형성된다.

둘째, 그 업은 식(識)에 저장된다. 아뢰야식(阿賴耶識) 또는 의식 흐름에 저장된다.

셋째, 죽을 때 그 업(業)이 새로운 생(生)을 끌어당긴다. 식(識)이 새로운 명색을 만나 윤회(輪廻)가 발생한다.

넷째, 새로운 생(生)이 식(識)에서 시작된다. 식(識)은 다시 명색(名色)을 만든다.

이렇게 십이연기가 반복(反復)된다는 것이다. 윤회(輪廻)는 기억 없이 계속 반복되는 꿈이고, 본인(本人)이 기억이 없으므로 내가 왜 이 삶을 사는가를 모른다. 식(識)은 USB처럼 전생의 업(業) 데이터를 저장하고, 그 데이터(業)에 따라 새로운 컴퓨터(몸과 마음)가 실행되는 것과 비슷하다. 그러나 본인(本人)은 기억을 못 하므로 내가 왜 지금 이렇게 사는지 모른다. 인간 수행자는 무명(無明)을 지혜로 대체해야 하는 반야지혜(般若知慧)를 깨닫고, 애(愛)를 관찰하여 줄이고 내려놓는 수행이 중요하다.

식(識)과 업(業)의 관계를 이해하고 지금 짓는 업(業)이 미래를 만든다는 사실을 자각(自覺)해야 한다. 이것이 수행자(修行者)의 나아갈 길이다.

연기법(緣起法)과 식(識), 업(業), 그리고 윤회(輪廻)의 이해는 수행자의 나침판이다. 법구경(法句經)에 나오는 "자신의 행위(行爲)만이 그대를 구할 수 있다. 남(他人)이 그대를 구해주지 않는다."라는 진리인 것이다.

숫타니파타는 초기 부처의 말씀을 기록한 경전으로 십대제자의 이름도 나온다. 십대제자는 다음과 같다.

① 목건련(目犍連): 신통제일(神通第一)이고, 신통력(육신통)을 시용한다고 한다.

② 마하가섭(摩訶迦葉): 두타제일(頭陀第一), 청빈하고 엄격한 수행자로 전한다.

③ 아나율(阿那律): 천안(天眼)제일, 천리안의 능력이 있다고 전한다.

④ 아난다(阿難陀): 다문제일(多聞第一),부처의 말씀을 가장 많이 들은 제자로 전한다.

⑤ 우바리(優婆離): 지계(持戒)제일, 계율준수에 모범이라고 전한다.

⑥ 부루나(富樓那): 설법(說法)제일, 설법에 뛰어나다고 전한다.

⑦ 가전연(迦旃延): 논의(論義)제일, 논리적 설명에 능하다고 전한다.

⑧ 라훌라(羅睺羅): 밀행(密行)제일, 부처님의 친아들이다.

⑨ 수보리(須菩提): 해공(解空)제일, 공(空)사상의 이해
   에 뛰어나다고 전한다.

⑩ 사리불(舍利弗): 지혜(知慧)제일, 논리와 철학에 뛰
   어나다고 한다.

십대제자의 명단은 경전마다 약간 차이가 있으나, 위의 10명이 대표적임을 밝힌다. 10대 제자에 주목하는 이유는 그들이 각기 다른 분야에서 뛰어난 능력을 발휘하며 부처님의 가르침을 가장 잘 실천하며 전파한 인물들이기 때문이라고 할 수 있다.

아쇼카왕(BC 268~232) 이전에 성립된 초기 경전 중 가장 오래된 것이다.

구성은 5장 70경 1,149수의 시와 함께 단문으로 구성되어 있다고 한다.

1장은 총 12경이고, 1장에 수행자는 뱀이 허물을 벗어버리듯, 이 세상 저세상도 다 버린다는 구절이 되풀이되므로 사경(蛇經)이라고 한다.

2장은 총 14경으로 부처님의 아들인 라훌라를 위해

말씀한 내용이다.

3장은 총 12경으로 출가 경, 정진 경, 나라카 경 등 불타의 전기에 대한 자료가 수록되어 있다.

4장은 총 16경으로 8편의 시로 되어 있고 한역 되어 대장경에 수록되어 있다. 5장은 총 16경으로 부처님이 바라문 학생들이 질문하고 대답한 내용으로 구성되어 있다.

사경(蛇經)의 내용 중 인상적인 구절은 다음과 같다.

"모든 욕망의 대상에는 두려움이 있는 줄을 알아라….
소리에 놀라지 않는 사자와 같이
그물에 걸리지 않는 바람과 같이,
흙탕물에 더럽혀지지 않는 연꽃과 같이….
무소의 뿔처럼 혼자서 가라."

부처의 가르침을 원형과 가장 가깝게 접할 수 있는 숫타니파타는 숫타(경經)와 니파타(집성集成)로 붓다가 열반 후 제자들이 암송하기 편하게 시와 간결한 산문으로 결집되어 전해 내려오다가, 어느 시기에 와서 하나의 경집(經集)으로 묶여진 것이랄 수 있다.

붓다의 깨달음은 진리의 이치를 바르게 아는 것이다. 그것을 지혜라 부르고 그 이치의 근간은 사성제(四聖諦)이다.

모든 것은 서로 연결되어 있고 고정된 것은 없다는 것을 깨닫고 집착에서 벗어나면 어떤 변화가 일어날 것인가? 그 결과는 다음과 같다.

과거에 있었던 것(번뇌)을 말려버려라.

미래에는 아무것도 없게 하라 현재에 있어서도

아무것에도 집착하지 않는다면

몸과 마음이 평안해질 것이다.

모든 살아있는 것에 대해서

한량없는 자비심을 내라

온 세계에 대해서

한량없는 자비를 행하라

장애와 원한과

적의가 없는 자비를 행하라

서 있을 때나 길을 갈 때나 앉아 있을 때나 이 자비심을 굳게 가져라.

이런 상태를 신성한 경지라 부른다.

이 경전에는 현실적으로 구체적 조언을 한다.

이는 현재인 지금도 절대적으로 통용되는 진리인 것이다.

① 친구지만 할 수 있는 일을 돕지 않고 벗의 결점만 보는 사람은 친구가 아니다.

② 어리석은 사람과는 가까이 말고, 어진이와 가까이 하라.

③ 분수에 맞는 곳에 살며, 지식과 기술과 훈련을 쌓아라.

④ 부모를 섬기며 처자식을 사랑하고 보호하라.

⑤ 술을 절제하고 가르침을 즐겨 들어라.

⑥ 이간질 하는 말이나 남을 비방하는 말을 하지 마라.

⑦ 세상의 이치를 알고 걸림이 없는 사람이 돼라.

⑧ 고요한 마음과 깨끗한 생각 그리고 진리에 대한 사색을 통해 집착을 없애고 조급하지 않게 행동하라.

제6부

불교 의식과 체험 경험

6. 불교 의식과 체험 경험

　　　　　　　오늘날 불교(佛敎)와 기독교(基督敎)는 현재 세계 4대 종교(이슬람교, 힌두교, 불교, 기독교) 중에 속하며, 전세계(全世界) 인간들에게 높은 영향력(影響力)을 행사하고 있다. 두 종교의 커다란 차이점은 다음처럼 구분된다.

　첫째, 불교와 기독교는 발생(發生) 지역이 다르다. 우선 기독교는 거친 황무지(荒蕪地)가 많은 사막 지역에서 기원한다. 모레가 많고 식량, 식수(食水)가 부족한 특징이 있다. 사막 지역이라서 상식적(常識的)으로 먹을 것이 부족하였을 것이다. 그러다 보니 부족 간 다툼과 전쟁(戰爭)이 잦았다. 성경(聖經)에는 "원수를 사랑하라.", "원수가 오른쪽 뺨을 때리면 왼쪽 뺨마저도 내밀어라." 등의 용어가 많이 서술되어 있는데, 이 말이 의미하는 것은 '용서와 사랑'일 수도 있지만, 또 다른 의미는 상호 적대감(敵對感)을 가진 사람, 부족이 많이 존재하였다는 것을 반증(反證)한다. 성경에는 전투(戰鬪), 지배(支配), 복종(服從), 멸망(滅亡), 원수(怨讐), 사랑(愛) 등의 용어(用語)가 상대적으로 많이 나타나는데, 이는 당시 척박한 지리적 환경요인에서 삶을 영위하는 것이 힘든 데서 기인하는 것으로도 보인다.

불교의 화엄경(華嚴經)에서 강조하는 것처럼 들판의 예쁜 꽃이나 못생긴 꽃이나 모두 각각의 존재 이유를 가지고 어울려 각자의 모습으로 어울려 장관을 연출하며 봄의 아름답고 장엄(莊嚴)한 모습으로 이 세상을 구성하며 살아가는 모습, 그래서 잡화경(雜華經)이라고도 한다.

필자에게는 이런 생각, 사상(思想)이 성경에서는 불교보다 좀 부족해 보인다고 한다면 틀린 말일까? 그럴 수도 있다고 본다. 하지만 현재도 기독교(基督教)와 이슬람교도 간에, 한 조상에서 나온 종교임에도 불구하고 전쟁(戰爭)이 끊이지 않는다. 로마 시대부터 국교(國敎)화한 기독교는 중세시

대 예루살렘의 성지(聖地)가 이슬람화한 것을 회복(回復)해
야 한다는 깃발 아래 수차례에 걸쳐 십자군 전쟁으로 이어
져서 침략과 전쟁은 지속하였고, 그 후에도 종교전쟁(宗敎
戰爭)이 끝이 없이 발발하여 싸움과 갈등이 지속되었다.

　상대적(相對的)으로 불교는 동양(東洋)의 인도, 네팔지역
에서 발생하였다. 상대적으로 기독교 발생지역인 중동지
역(中東地域)보다 농산물(農産物)이 풍부(豊富)하였고, 평
화(平和)롭고 여유가 있었던 지역(地域)이다. 중국(中國) 당
(唐)나라 현장 법사(玄奘法師)의『대당서역기(大唐西域記)』
를 보면 당시 실크로드로 가는 주변국인 인도, 티베트,
파키스탄, 아프가니스탄, 네팔지역의 생활상(生活相)과 그
지역에 거주하는 주민들이 타 국가인 중국(中國), 신라(新
羅), 일본(日本) 등에서 인도(印度)로 불경(佛經)을 구하려
고, 또는 공부하러 오는 불교 신도인 중국, 신라의 스님
들에게 중간중간에서 의·식·주 등을 정중히 친절하게 대
접하는 장면의 기록이 많이 보인다.

　중국(수(隋)나라, 당(唐)나라), 일본(日本), 한반도(韓半島)
의 고구려, 신라의 스님들이 불경을 구해서 부처 말씀을

공부 이해하기 위하여 목숨을 걸고 고비사막을 걸었고, 파미르고원 설산(雪山)을 온종일 걸어 넘으며 평균 3년여 걸려서 서역(인도)에 도착하였다. 도중에 많은 스님이 굶주림과 추위 등으로 산을 넘다가 얼어 죽었고 고비사막을 건너다가 갈증(渴症)으로 죽어갔다.

대당서역기(大唐西域記) 기록을 보면 현장 법사(玄奘法師)가 고비사막 속에서 5일 동안 물을 마시지 못해 데리고 간 말(馬)을 잡아서 간(肝)을 먹는 장면이 묘사되어 있다. 그리고 스님들이 지나가는 중간중간 중앙아시아 지역의 여러 부족이 보시(普施)하고 도와준 기록이 대당서역기(大唐西域記)에 자세히 기록되어 있다. 이런 불심(佛心)이 가득한 고마운 사람들이 있었기에 동방(東方)의 스님들이 서역(西域)인 인도(印度)로의 불경 공부와 구도 여행이 가능하였다. 물론 많은 통일신라, 당(唐)나라 스님들이 중간에서 목숨을 잃었고, 여행기 기록에 의하면 현장 법사(玄奘法師)도 중국(中國)에서 출발하여 인도에 도착하고, 불경을 공부하고 목적 달성을 한 후에 귀국(歸國)하기까지 18년이 걸렸다. 그 후에도 많은 스님이 앞서 서역으로 불경을 구하기 위해 긴 여정을 가다가 중간에서 불의의 사고로 돌아가신 선배 도반들의 '해골과 **뼈**'를 이정표(里程標) 삼아서 목숨 걸고 끝없이 인도(천축국)를 향해 서쪽으로 구도 여행을 계속하였다.

그러한 결과 때문에 오늘날 불교가 한국(韓國), 중국(中國), 일본(日本)에서 뿌리를 내리고 유서 깊은 종교(宗敎)로서 찬란한 모습을 갖춘 것이다. 그런데 최근 안 사실은 우리나라 한반도에 불교가 전래한 것은 삼국사기 기록보다도 빠른 가야시대라고 한다. 인도 아유타국에서 온 허황후로 대표되는 분들이 인도에서 가야로 오면서 자연스럽게 불교가 전래한 것이라고 주장한다. 참고로, 가야라는 말은 인도어이며, 코끼리를 의미한다고 한다.

참고로, 인도 남부 타밀어와 한국어의 유사성은 1천여 개 이상 단어가 유사하다고 한다. 이는 한국과 인도가 수천 년 전부터 불교를 중심으로 문명교류가 이루어졌다는 명백한 방증이다.

예를 들면 한국어 아빠는 타밀어로 Appa, 엄마 타밀어는 Amma, 한국어의 아버지, 언니(아내), 아주머니는 타밀어로 압파치, 안나이, 에자마니 이다. 한국 고대 민며느리제는 어린 소녀를 데려다 키운 뒤 며느리로 삼았던 풍습인데, 타밀어의 '민'도 어린 여성을 뜻한다. '와', '가다', '나다'는 타밀어에서도 거의 비슷하다고 한다. 타밀어 '사남'은 '사람'을 가리키고, 생명체는 사람으로 불린다. 이를 보면 두 언어 문명은 다양하고 오랜 기간 해상교류와 관련 있는 유사 어휘가 다수 있음을 근거로 해상을 통해 주로 교류했음을 알 수 있다는 것이다.

(2019. 인도 서부 구자라트주 암다바드 한국, 인도 학술대회 참가: 양기문, 한국문명교류 연구소 논문 발표 참고)

또한, 한국어의 참회(懺悔)의 참, 참아라, 순돌이, 순이 등의 말이 인도어에서 온 것이라고 한다.

여행기로는 대표적으로 우리나라 통일신라 시대 혜초 스님이 쓴 『왕오천축국전(往五天竺國傳)』이 전해온다. 이와 관련하여

① 5세기 법현의 『불국기(佛國記)』는 최초 인도 구법(求法)여행기이다.

② 6세기 송운의 『송운행기』,

③ 7세기 현장법사의 『대당서역기(大唐西域記)』,

④ 8세기 혜초의 『왕오천축국전(往五天竺國傳)』,

⑤ 8세기 의정의 『대당서역불법고승전(大唐西域佛法高僧傳)』은 해양 실크로드의 백미(白眉)이다.

이와 같은 5대 실크로드의 고전 여행기가 기록되어 전해지고 있다. 이는 당시 불교가 인도(印度)에서 중국(中國), 한반도(韓半島), 일본(日本)으로, 즉 동방(東方)으로 전파(傳播)되는 과정을 생생(生生)히 보여준다. 이들의 삶은 곧 길(道)이다. 길에서 시작되고 길에서 끝나지만, 그 끝은 끝이 아닌 또 다른 시작이다. 길이 끝나는 법은 없다. 당시 중국과 인도 사이 이용한 통로길인 실크로드는 처음에 2~3개인 줄 알았지만, 실크로드 여행 전문가인 김규현 교수의 연구에 의하면 큰길은 11개, 작은 길은 22갈래 길이 있었다고 한다. 총 30여 루트가 있었다니 당시 상황은 현재에 사는 우리의 상상(想像)을 초월한다.

우리 선조인 통일신라 시대 혜초 스님은 당시 17세에 5만 리 길을 걸어서 천축국(天竺國)을 순례하였던 철인(鐵人)이었다. 우리는 애국가(愛國歌)를 부를 때마다 나오는 삼천리(三千里) 화려강산(華麗江山)을 외친다. 상상해 보라! 오만 리 길은 애국가(愛國歌)에 나오는 삼천리 화려강산을 백두(白頭)에서 한라(漢拏)까지로 계산해 보면 실제 거리는 945킬로(2306리)이다. 오만 리는 백두에서 한라까지 왕복 11번 거리이며, 한반도(韓半島)를 걸어서 백두에서 한라까지 11번을 걸어서 왕복(往復)한 것과 같다.

둘째, 불교는 기독교와 다르게 중생과 부처가 평등(平等)한 종교(宗敎)이다. 중생이 깨달음을 얻으면 부처이고, 부처가 실수하면 순간 중생이다. 부처님을 믿는 것이 아니라 부처님의 말씀을 실천하려 노력하는 것이다. 기독교처럼 전지전능(全知全能)하고 유일한 하나님을 수직적(垂直的)으로 믿으라고 강요하지 않는다. 내 안에 잠재해 있는 불성(佛性)을 발견하면 중생인 내가 부처가 될 수 있음을 말한다. 앞으로도 수천 명의 부처, 화신불(인도어: 아바타, Avata)이 출현 가능하다는 점을 강조한다.

셋째, 불교에서는 신(神)을 믿고 따르기보다 자신을 번뇌로부터 해탈하여 '참 나'(Who Am I)를 발견하라는 것을 강조한다. 인간의 평등(平等)과 주체성(主體性), 자주성(自主性), 독자성(獨自性)을 보장하는 것이 불교라면, 기독교는 인간은 신(神)의 피조물(被造物)이며, 따라서 인간에게는 조건 없는 전지전능(全知全能)한 신에 대한 의지(意志), 믿음, 신앙(信仰)만이 존재(存在)한다. 기독교에서는 신을 떠난 개인(個人)의 존재(存在)는 없다. 항상 신에 의지하고 무조건 복종하며 신을 믿으며 생활하여야 한다. 그리고 사후(死後) 신(神)의 심판(審判)을 받아야 한다는 것이다. 기독교인에게 윤회는 없다. 단 두 개의 세상이 존재하는 것이다. 기독교에서 신(神)과 인간(人間)의 관계가 수직적(垂直的) 상하관계(上下關係)라면 불교는 부처의 진리인 말씀을 실천(實踐)하면 누구나 인간이 부처가 될 수도 있고, 개인의 마음속에서 불성(佛性)을 발견하여 부처의 길을 갈 수가 있는 수평적(水平的) 관계(關係)이다.

그래서 부처는 절대적(絶對的)이며 전지전능(全知全能)한 신적 존재가 아니다. 불교에서는 삶은 생로병사(生老病死)의 과정이고 고집멸도(苦集滅道)이며, 수행을 통하여 백팔번뇌(百八煩惱)에서 해탈 후 열반에 들면 부처가 되는 것이고, 그러지 못하면 개인의 업에 의한 인연의 결과로 육도윤회의 삶을 계속 살아가야 한다는 것이다.

넷째, 불교와 이슬람교는 절(拜)을 한다. 기독교는 절을 하지 않는다. 왜 그럴까? 절은 누구를 숭배하는 행위인가? 아니면 깨달음을 위한 수행의 실천 방법으로 자신의 정신적 수양을 위한 구도의 방법 중 한 방법인가?

불교에서 절(寺)을 절집(寺刹)이라고 부른다. 절(拜)을 가르치는 절(寺)이다.

절은 인도의 오체투지(五體投地) 예법에서 전파되었다. 이슬람교도의 아침기도에서 하는 절도 인도의 오체투지가 서방 이슬람으로 전파되었음을 보여준다. 오늘날 무슬림들은 하루에 다섯 번 메카의 카바신전을 향해 절을 한다. 불교에서의 절은 이슬람에서 하는 복종으로서의 절보다는 존경과 감사의 뜻이 강하다. 복종하고 섬기고 명령만 따르겠다고 한다는 의미의 절이라면 절을 반복할 이유가 없다. 5세기 고구려 벽화인 장천 1호분의 예불도(禮佛圖)를 보면 중앙 불상을 향해 절하는 분들이 목을 꺾고 있는 모습이 확인된다. 이는 오체투지(五體投地)의 정수리라는 부분에 집중하여 원산폭격 같은 자세가 나온다. 여자 절은 조선 후기의 여성 차별이 만들어낸 한 단면으로 반드시 사라져야 할 변화이다.

이런 절 자세는 온돌과 좌식문화가 퍼지면서 오늘날 우리가 아는 자세로 변모한다. 즉, 정수리가 이마로 대체된다.

다섯째, 기독교에서도 가족(家族)을 강조한다. 성경에 보면 "아브라함이 이삭을 낳고…"로 시작하여 내려오다 예수가 태어난다. 이 지구상 많은 민족 중 유대민족에게서 일어난 일이다. 불교 선종(禪宗)의 기원을 살펴보면 석가모니가 불법을 설파하다가 말없이 꽃을 꺾어 보였을 때 오직 마하가섭이 그 뜻을 이심전심(以心傳心)으로 이해하고 미소(微笑) 지었다는 염화미소(拈花微笑)나 염화시중(拈花示衆)의 고사에서 찾는다. 선종에서는 마하가섭을, 선법을 받아 이어준 제1조로 숭배한다. 이후 인도에서 제자들에 의해 대를 이어오다가 28대 달마 대사가 중국에 와서 면벽구년(面壁九年) 후 중국 달마 선의 1조 대사가 되고 달마로부터 2조 혜가, 3조 승찬, 4조 도신, 5조 홍인, 6조 혜능이 뒤를 이었다. 그 후 돈오(頓悟)를 표방한 혜능의 남종선(南宗禪)이 한반도와 일본으로 전파된다.

고려 보조국사 지눌에 의해 조계산에 수선사를 세우고 정혜결사를 설립한다. 혹자는 선불교를 중국 도교와 장자 사상의 결합이라 하지만 선불교는 대승의 교학에 기반한다. 지눌 스님은 일찍이 선(禪)과 교(敎)가 다르지 않음을 깨닫고 선(禪)과 화엄(華嚴)을 결합하여 돈오점수(頓悟漸修)론을 주창하였고, 성철 스님은 선(禪)과 교(敎)의 지향점(指向點)이 같다고 선파하였다. 선불교에 대한 무지와 오해는 불교 교학이 너무나 방대하고 실제로 수행을 하기가 어렵기 때문에 발생한다. 그러나 선종에 대한 안목과 지식을 갖춘 스님들의 도움을 받아 공부해 보면 선종에 대한 막연한 오해(誤解)와 불신(不信)은 사라진다.

육조단경(六祖壇經)에 풍전문답, 즉 "깃발을 흔드는 것은 네 마음이다."가 대표적 선문답이다. 본래 아무것도 없는데 어디에서 먼지가 일어나는가?

"달을 보라니까 달을 가리키는 손가락만 보는구나." 이말은 한 비구니가 혜능에게 "그대는 글을 모른다면서 어찌 진리(眞理)를 안 단 말이요?"라고 묻는 말에, 혜능은 "진리는 하늘에 있는 달과 같지만, 문자는 달을 가리키는 손가락일 뿐이라오! 달을 봐야 한다면 손가락을 볼 필요는 없지요."라고 답한다.

5조 홍인 대사가 신수와 혜능의 다음 계송을 보고 혜능을 선종의 6조로 선택하였다. 신수의 계송은 아래와 같다. 점수(漸修)를 강조한다.

"몸은 깨달음의 나무요
마음은 맑은 거울 받침대일세
때때로 부지런히 털고 닦아서

먼지와 티끌이 끼지 못하게 하세" 이 게송을 보고 혜능은 아래의 게송을 내건다. 혜능의 게송은 돈오(頓悟)를 강조한다.

"깨달음은 본래 나무가 아니며
맑은 거울 또한 받침이 없다네
본래 아무것도 없는 것인데
어디에서 티끌과 먼지가 인다고 하는가?"

위 두 개의 게송은 깨달음을 얻으려는 수양 방법이 다르다. 여기서 혜능은 신수의 게송을 보고 비판한 것으로 이 두 개의 게송은 사실 상호 보완 관계이다. 돈오점수(頓悟漸修)인 것이다. 만약 신수가 게송을 먼저 쓰지 않았다면 혜능의 게송이 이렇게 나올 수 있었을까? 하는 의문이 생긴다. 어쨌든 혜능의 선법은 임제종의 간화선으로 이어지면서 동아시아의 핵심불교가 되었다.

선정(禪定)과 선교(禪敎) 그리고 좌선(坐禪)의 의미에 대해 육조 혜능은 다음과 같이 말한다. 좌선은 마음의 움직임이 없어야 하는 것을 말한다. 그러나 좌선만이 수행은 아니다. 행(行), 주(住), 좌(坐), 와(臥), 어(語), 묵(默), 동(動), 정(靜) 일상생활 자체가 수행이다. 걷고 머물고 앉아 있거나 누워있을 때, 말하고, 침묵하고, 움직이거나 가만히 있을 때, 즉 일상생활의 모든 순간을 말한다. 생활 속에서 최선을 다하는 것이 선이란 의미다. 불교에서는 일상적 행위와 생활을 통하여 조화로운 삶을 실천하고 마음과 행동을 균형 있게 조절하면서 깨달음을 얻는 데 도움을 주는 가르침을 담고 있다고 볼 수 있다.

이는 현재 재가불자들은 좌선할 때만, 절할 때만 수행하는 것이 아니고, 회사에서 일하며 가정에서 가족들과 말할 때 사회적 일상생활(日常生活)을 할 때 혼자 숨 쉴 때조차도 자성을 비추고 관조하는 마음을 잊지 말라는 가르침이다. 특별한 도량에 있지 않더라도 삶이 곧 수행의 장이란 의미이기도 하다. 생활이 곧 수행이고 수행이 곧 생활이라는 가르침을 실천하는 길이 삶인 것이다.

선정(禪定)에서 선(禪)은 밖으로 집착하는 것을 없애고, 정(定)은 안으로 혼란이 없는 상태를 말한다.

선(禪)은 부처의 마음이고 교(敎)는 부처의 말씀이다. 따라서 선(禪)은 정(定)이고 교(敎)는 혜(慧)이다. 선교는 같이 공부해야 한다. 문해력(文解力)이 있어야 불교의 지도력(指導力)을 갖출 수가 있다. 참선을 강조했던 시대의 불교는 책이 없는 경우 스님이 글을 못 읽는 경우가 많았다.

혜능은 다음과 같이 말한다. 육조단경에 나오는 다음 구절을 함께 독송해 보자.

"이제 그대들에게 이르노니, 이 법문 가운데 어떤 것을 좌선(坐禪)이라고 하는가?

이 법문 가운데 일체 걸림이 없어서 밖으로 모든 경계 위에 생각이 일어나지 않는 것이 앉음(坐)이며, 안으로 본래 성품을 보아 어지럽지 않음이 선(禪)이니라.

어떤 것을 선정(禪定)이라 하는가? 밖으로 모양(相)을 떠남이 선(禪)이요, 안으로 어지럽지 않음이 정(定)이니라, 가사 밖으로 모양이 있어도 안으로 성품이 어지럽지 않으면 본래대로 그대로 깨끗하고 그대로 정(定)이니라, 그러나 다만 경계에 부딪힘으로 말미암아 부딪치게 되면 곧 어지럽게 되나니, 모양(相)을 여의고 어지럽지 않은 것이 곧 정(定)이니라. 밖으로 모양(相)을 떠나는 것이 곧 정(定)이니, 밖으로 선(禪)하고 안으로 정(定)함을 선정(禪定)이라 이름하느니라." -육조단경-

1) 백팔배 체험기

　실제로 백팔 배를 오래 해온 사람은 신체의 건강이 향상됨은 물론, 성품이 겸손해지고 너그러워지면서 긍정적(肯定的)이고 낙천적(樂天的)으로 변해가는 것을 뚜렷이 목격(目擊)하였다. 이는 108배가 정신적(精神的) 효과들이 겉으로 드러난 효과이다. 즉, 몸에는 활력(活力)을 주고 마음에는 평화를 주는 효과가 검증되었다고 할 수 있다.

　주어진 환경은 하나의 조건은 될지언정 그 자체로 행과 불행이 결정되는 것은 아니다. 주어진 환경을 극복하여 자신의 의지로 생을 풍요롭게 만들어 가는 것, 바로 거기에 인간 생명의 존엄성이 있다. 불가에서의 절이란 불교의 세 가지 주요한 기둥인 삼보, 즉 거룩한 부처님, 가르침, 스님에 대한 애정의 행위이다. 조선시대 고승 서산 대사는 '절은 아상(我相)을 꺾음으로 진실한 자신에게 돌아가는 것'이라며 절 수행을 강조한다. 즉, 철저히 자신을 버리고 진아(眞我)를 찾아가는 과정이라는 것이다. 이상을 버리면 부처와 같은 경지에 도달한다는 것이다. 불가에서 절을 강조하는 이유는 다음과 같은 이유에서라고 한다.

첫째, 아만(我慢)을 버리고 복을 받을 터전을 이루기 위해서이다.

둘째, 업장(業障)을 소멸시키기 위해서이다. 업장은 인간이 전생에 지은 허물로 이승에서 받는 갖가지 장애를 말한다. 전생의 악업으로 인해 인간은 현생에서 고통받고 번뇌 속에 살아간다.

셋째, 인간의 몸을 채우고 있는 삼독심을 버리려는 방법으로 절을 강조한다.

삼독심은 인간의 삶을 고통, 불안스럽게 만드는데 탐심, 진심(瞋心), 치심(癡心)의 나쁜 마음을 말한다.

넷째, 참다운 깨달음을 얻기 위해 절을 강조한다. 진리를 깨달은 지혜는 인간을 속박하고 괴롭히는 일체 번뇌 망상을 끊어 버릴 때 얻을 수 있다는 것이다.

다섯째, 몸과 마음을 건강하게 하여 행복(幸福)하게

살기 위해서 절을 강조한다.

 필자는 최근 지인으로부터 우연히 108배 효과에 관한 이야기를 듣고 도전해 보고픈 마음이 생겼다. 그리고 집에서 아침에 일어나 거실 바닥에 방석을 놓고 바로 108배 절을 시도하였다.

 불교대학에서 108번뇌와 108배 이야기를 듣기는 하였지만, 갑자기 108배를 시도해 보고 싶은 생각이 갑자기 든 것은 아무리 생각해도 불심의 영향인 듯하다. 처음 시도하는 것이라서 궁금하여 소요 시간을 측정해 보았다. 이십 분이 소요되었다. 처음 너무 힘들고 땀이 나고 간신히 마치고 그 후 걸어갈 때 허벅지가 아파서 힘들었으며, 하체 근육에서 경련이 날 정도였다. 그런데 하루가 지나고 다시 108배를 시도하여 끝마치고 나니 처음보다는 힘이 적게 들고 몸 상태도 처음보다는 좋아지는 느낌이 들었다. 처음 시도할 때는 나의 무릎에서 우두둑 소리가 들렸는데, 두 번째 시도하는 108배에서는 한 번도 소리가 나지를 않는다. 땀도 처음보다는 덜 난다. 108배를 처음 시도하는 사람에게 이는 결코 쉬운 일은 아니었다. 나는 2~3일에 한 번씩 108배를 하며 심신의 수양(修養)과 호흡 단련을 한다. 우리는 산속에 있는 사찰(寺刹)을 절(寺) 혹은 절집이라고 한다. 일반인들은 그곳에서 절을 가르치는 그것으로 여겨 절집이라 불렀다.

시인(詩人)을 한 자(漢字)로 살펴보면 언(言)+사(寺)이다. 절집에서 말하는 사람이다. 옛날에는 스님들이 글을 많이 알았고, 한자(漢字)로 시(時)를 썼다. 절집, 시집이 사찰(寺刹)인 것이었다. 그만큼 사찰에서는 절(拜)을 중요시하였다. 티베트에서 이마, 두 팔, 두 무릎 다섯 부분을 땅에 닿도록 절하는 행위 즉 오체투지(五體投地)는 몸과 마음을 가장 낮추는 절의 한 방법이다. 이를 하면서 먼 거리를 걸어가는 불자(佛者)들의 모습을 자주 본다. 두 손을 합장(合掌)한 뒤 무릎을 꿇고 손과 이마를 땅에 대며 절한 후 다시 일어나 한 걸음 걸어 나가면서 이 과정을 반복한다. 이는 한 걸음 한 걸음 걸을 때마다 멈춰서서 온몸을 땅에 던지며 걷고 절하며 이 동작을 반복한다. 이것은 자신의 교만(憍慢)과 욕심(慾心)을 내려놓고 겸손(謙遜)과 감사(感謝)의 마음으로 나아가기 위한 수행(修行)의 한 방법(方法)이다. 인생을 어떻게 사는 것이 좋은 삶인가에 대한 정답은 없으며 자신이 하고 싶은 것을 행(行)하면서 공덕(功德)을 쌓으며 살아가는 것이 올바른 삶의 자세이다. 오체투지(五體投地) 수행을 통해서 인간은 내가 어디로 가야 하는지, 어떻게 살아야 하는지, 무엇을 내려놓아야 하는지를 스스로 깨닫게 해주는 과정이라 여겨진다.

108배는 누구나 할 수 있는 운동이다. 첫째, 시간, 장소, 비용에 구애받지 않고 손쉽게 행할 수 있다. 둘째, 운동의 실천율과 지속률이 다른 운동보다 높다. 셋째, 동작 하나하나가 완벽한 전신운동으로 전신의 혈과 기 순환에 유리하다. 넷째, 자신의 마음에 따라 얼마든지 완급조절이 가능하다.

2) 천도재

평소 불자(佛者)들은 마음이 심란하거나 집안에 대소사가 있으면 절을 찾는다. 부모님이 돌아가셔도 절에서 불교의식을 치르기도 한다. 사십구재와 천도재 제사를 모신다. 흔히 무당이나 스님이 거행하는 의식으로써 망자의 영혼이 천국이나 천상의 좋은 곳에 왕생(往生)하기를 바라며 따로 재(齋)를 지내기도 하는데, 이를 천도재(薦度齋)라고 부른다.

연원을 따지면 불교의 우란분재(盂蘭盆齋)가 기원이라고 할 수 있다. 이는 백중(음력7.15.)에 사찰에서 거행하는 불교행사이다. 우란분재란 우란분경에 의하면 부처의 10대 제자 중 신통력이 뛰어난 제자인 목련(目連)은 어머니가 선행을 닦지 못해 아귀도에 떨어져 배가 고파 피골이 맞닿아 있음을 알게 되었다. 목련이 음식을 가져다주었으나 입에 들어가기도 전에 새까맣게 타서 먹을 수 없었다는 것이다. 목련이 비통해하며 그 원인을 부처에게 물으니 지은 업의 뿌리가 너무 깊어 그렇게 된 것이므로, 사방의 여러 승려의 위신력(威神力)만이 구제할 수 있다 하였다. 그 방법으로 자자(自恣)를 행하는 7.15일에 밥을 비롯한 백 가지 음식과 다섯 가지 과일을 우란분(盂蘭盆)에 담아 향과 촛불을 켜고 시방의 승려들에게 공양하도록 하였다고 한다. 여기서 유래한 우란분재는 아귀로 윤회한 중생에게 음식을 베푸는 의미가 강하며 망자를 인도한다는 느낌은 강하지 않다. 반면 대승불교는 중유 개념으로부터 영향을 받아 중유 상태에 있는 중생을 선처로 이끌기 위한 의식으로서 천도재를 연다. 영가천도를 이야기하면 귀신이 어디 있냐고 코웃음 치는 분이 더러 있는데 영혼의 존재를 부정하는 것은 자신의 뿌리를 부정하는 것과 마찬가지일 수 있다. 석가모니 부처님도 다생 겁래에 환생과 윤회를 거듭하여 마침내 깨달음을 얻어 성불하고 윤회 고에서 벗어났음 을 상기한다면, 중생이 죽어서 그 영혼이 업을 지고 인과에 따라 윤회하는 이치를 보아 영가의 천도가 필요함을 알 수 있다.

영가는 재를 통해 천도가 된다. 업장을 소멸하고 생에 대한 집착을 떨쳐버리고 가벼운 걸음으로 갈 길을 떠나게 된다. 남은 가족과의 마음속 서운함이나 미움도 내려놓게 되므로 제를 올리는 자손도 가슴에 쌓인 답답함과 미안함을 풀게 된다. 제를 올린 공덕은 영가에도 1/7이 가고 6/7은 제를 올린 사람에게 가서 그의 복덕이 된다고 지장경(地藏經)은 말하고 있다.

천도란 사람이 죽으면 49일간 생전 지운 업의 심판을 받는 중유기를 거친 후 업의 종류와 경중에 따라 6도 중 한 곳으로 윤회 전생하게 된다고 한다(이는 뒷장 사십구재에서 『티베트 사자의 서』란 책에서 사십구재가 유래됐음을 다시 자세히 언급한다). 천도(遷度)는 옮길 천(遷), 법도 도(度)를 쓰며, 지옥도(地獄道)나 축생도(畜生道)에 떨어질 영가를 인간도(人間道)에 태어나도록 하거나, 인간도에 환생할 영가를 천계에 환생하도록 한다. 무간지옥(無間地獄)은 잠시의 쉴 틈이 없이 고통을 받게 된다는 뜻이다.

천도재는 일반적으로 스님의 주도로 이루어진다. 부처

의 가르침을 바탕으로 영가를 위한 기도를 한다. 이 과정에서 염불과 독경, 진언 낭송이 있고 법고(法鼓)와 바라(鉢羅)춤 등 작법무와 범패(梵唄)가 활용되어 영가가 좋은 곳으로 갈 수 있도록 인도하는 의식을 진행한다. 또 공양물을 바치고 스님이 설법을 통해 영가에 복을 빌어준다. 천도재의 마지막 단계에서는 영가의 평안을 기원하며 회향의식을 진행한다. 이때 천도재에 참여한 사람은 모든 사람이 영가의 안식과 자신의 福德을 기원하며 함께 불경을 낭송한다. 마지막으로, 모든 의식을 마친 후 회향공덕을 통해 천도재의 공덕을 널리 나누는 것으로 마무리한다. 천도재는 단순 불교의식일 뿐만 아니라 가족과 영가의 관계를 다시 생각해 보는 중요한 시간이다. 이 의식을 통해 살아있는 사람들은 조상과 영가에 감사의 마음을 전하고 영가 역시 평안한 곳에서 인식할 수 있도록 도와준다. 또한, 불자들이 자신을 돌아보고 삶의 의미를 되새기는 계기가 된다. 천도재는 영가와 생존자 모두에게 평안을 주는 의미 깊은 불교의식이다. 이를 통해 우리는 조상과의 인연을 되새기고 영가가 좋은 곳으로 갈 수 있도록 도울 수 있다. 천도재를 통해 많은 영가와 함께 그들의 안식을 기원하는 것은 더 큰 복덕을 쌓는 기회가 될 수 있다

그리고 일요일 사찰을 방문하여 예를 드리고 시간이 여유가 있으면 스님과 차담(茶啖)을 나눌 수도 있다. 성철 스님은 과거 면회를 하려면 신도들에게 삼천 배를 먼저하고 오라고 하였다. 박정희(朴正熙, 1917~1979) 대통령이 5·16 쿠데타 이후 해인사 성철 스님에게 면담을 요청하였는데, 성철 스님이 면담 조건으로 박정희에게 삼천 배를 요구하여 면담이 불발된 일이 있다.

인간에게 필요한 두 가지가 있다. 그것은 고독(孤獨)과 죽음(死)이다. 우리에게 고독이 없다면 사색하는 즐거움이 사라져버린다. 고독할수록 사색의 시간이 늘어난다. 죽지 않고 영원히 살 수 있다면 일하지도 않고 노력하지도 않을 것이다. 죽음이 있으므로 남겨진 하루하루가 소중하게 생각된다. 죽지 않고는 거듭날 수가 없다. 날마다 날마다 거듭거듭 죽어야 되살아나기 때문이다. 인생이란 반드시 다시 태어난다. 자신의 업에 따라

윤회하게 되는 것이다. 현재의 내가 과거의 누구였음을 인식해야 한다. 죽음이란 곧 부활을 의미한다. 죽지 않고는 결코 다시 태어날 수 없다.

성철 스님은 다음과 같은 다섯 가지 명언(名言)을 남겼다.

첫째, 사람들은 소중하지 않은 것들에 미쳐 칼날 위에서 춤을 추듯 산다.

둘째, 마음의 눈을 바로 뜨고 그 실상을 바로 보면 "산(山)은 산(山)이요, 물(水)은 물(水)이다."

셋째, 실행 없는 말은 천만번 해도 소용없다. 참으로 아는 사람은 말이 없는 법이다.

넷째, 용맹 가운데 가장 큰 용맹은 옳고도 지는 것이고, 공부 가운데 가장 큰 공부는 남의 허물을 뒤집어쓰는 것이다.

다섯째, 베풀어 주겠다는 마음으로 고르면 아무하고도 상관없다. 덕 보겠다는 마음으로 고르면 제일 엉뚱한 사람을 고르게 된다.

3) 시다림

성가시거나 괴로운 일을 당하는 것을 시달림받는다고 한다. 살다 보면 이런저런 시달림을 받게 된다.

고된 일에 시달리고, 아픈 몸, 대출금 이자, 자식들 뒤치다꺼리, 상사, 마누라 잔소리 등등에 시달린다.

이 달갑지 않은 시달림이란 말은 원래 불교의 시다림(尸茶林)에서 유래된 말이다.

시다림은 범어의 시타바나(Sitavana, 寒林)를 음역(音譯)한 말로서, 시타는 차가운 한(寒), 바나는 숲(林), 즉 한림(寒林)이라는 뜻이다.

시다림은 인도 중부 왕사성 북문 밖 숲 이름인데 사람이 죽으면 인도의 조장, 풍장 관습에 따라 시신을 버리는 일종의 공동묘지였다.

공포와 각종 질병이 창궐하는 지옥 같은 장소였고 추후 죄인들을 추방하여 이곳에 살게 했다고 한다.

도(道)를 닦는 수행자들은 이곳을 고행의 장소로 선택하여 이 시다림에 들어가는 것 자체가 고행을 가리키는 것이었으며 여기서 시달림이라는 말이 나왔다.

우리나라 불가(佛家)에서 죽은 사람을 위해 염불. 설법해 주고 장례의식을 행하는 것을 시다림이라고 하게 되었다.

이는 평생 시다림(추운 숲) 같은 고통스러운 세상에 시달렸으니 죽은 뒤에는 시다림에서 벗어나 극락왕생(極樂往生)하기를 축원하는 장례의식으로 바뀌었다고 볼 수 있다.

4) 사십구재

불교에서 말하는 사십구재는 사람이 사망한 후 49일 동안 망자(亡者)의 영혼이 이승과 저승 사이에서 머무는 과정을 의미한다. 49일 동안의 중간단계인 중음상태 기간에 망자가 다음 생을 결정짓는다고 여겨서 그 기간 공덕을 쌓는 제를 올린다. 사십구재는 이 사자의 서에서 유래하는 것으로 보인다.

티베트 『사자의 서』는 1,300년 전 파드마삼바바가 3년간 히말라야 인도에서 여행을 마치고 인도에서 티베트에서 얻은 신비한 108권 책을 번역하였는바 사자의 서는 번역서 중 하나로, '사후세계의 중간 상태에서 듣는 것으로도 영원한 자유에 이르는 가르침'이라는 뜻이다.

사자의 서에 의하면 중음(bardo), 즉 '죽음과 환생 사이의 49일간의 상태'에서 영혼은 다양한 존재를 만난다. 빛, 괴물, 신성한 형상들, 어둠과 환희 등을 만난다. 하지만 그것들은 모두 마음이 만든 심상(Mental Image)이라고 한다.

티베트 사자의 서에서는 조용히 말한다. '흔들리는 거는 당연하다. 하지만 네가 그 감정에 휘둘리지 않을 수 있다면 그게 바로 자각이다.' 삶과 죽음은 끊어진 선이 아니라 하나의 흐름이다. 죽음은 피해야 할 것이 아니라 냉정히 이해하고 받아들여야 할 현생이다. 죽음에 대한 이해야말로 오히려 우리의 삶을 올바르게 이끌어 주는 길잡이란 것이다.

나의 뜻대로 살아간다는 것, 바르고 깨끗하게 살아가는 이유이다. 이것이 티베트 사자의 서에서 가르치는 마지막 글이라고 한다. 49재는 티베트 불교에서 유래한 듯하다. 이 재의 49재 의미는 단순한 장례 절차의 연장이 아니라 망자의 극락왕생을 기원하고 유족의 마음을 정화하는 데에 중점을 둔다. 특히 불교의 윤회 사상에 따라 사후 7일마다 한 번씩 제를 지내며 총 일곱 번의 제를 올려 49일째 회향을 마무리한다. 49재 의미는 보통 7일마다 차례로 1재부터 7재까지 올리며 마지막 날인 49일째에는 회향 재 또는 막재라 하여 성대한 의식을 거행한다. 이 기간에 가족들은 사찰에 공양을 올리며 스님을 모셔 염불

세상에 존재하는 모든 종교와 사상 그리고 인류들은 조상과 하늘에 대한 제사를 형식은 다르지만 지금도 행하고 있다. 그리고 의식에는 제물(祭物)이 따른다.

마야나 원시 부족은 인간의 생명을 유대교는 양과 피를 무속에서는 돼지나 닭 등 동물을 바친다. 사람들은 천도재, 49재와 제사(祭祀)를 혼동하는 때도 있다. 천도재는 옮길 천, 길도 재계(齋戒)할 재 자(字)를 사용한다. 또한 재(齋) 자는

첫째, 몸과 마음을 깨끗이 하다.

둘째, 정진(精進)하다.

셋째, 공경(恭敬)하다.

넷째, 시주(施主)하다는 의미를 함축하고 있다.

재의 본래의 의미는 몸과 마음을 바로잡아서 좋은 그곳으로 떠나보내는 의식이다.

반면에, 제사(祭祀)는 祭(제사 제, 갚다, 보답하다)와 祀(제사 사) 자(字)를 사용한다.

제사는 조상의 영혼에 생전과 같이 음식(고기)을 대접

하는 유교에서 유래하였고 함께 음복하여 조상의 음덕을 받는다고 믿는다. 영혼도 소멸한다고 하여 멀리 가지 않는다고 생각하였다. 조선시대에는 평민들은 1대조 봉사만 하였고 양반은 4대조까지 봉사하였었다. 그리고 현재는 몇 대조까지 조상 제사를 모시고 안 모시고는 가족 구성원들의 경제력, 정성, 사고방식에 따라서 다양하게 변화해 간다.

5) 보 시

보시(報施)는 자비심(慈悲心)을 내어 남에게 재물이나 불법을 베푸는 것을 말한다. 베푸는 것은 돈이나 제물이 될 수도 있고, 재물로 하는 보시라고 하여서 재시(財施)라고 한다. 부처님의 말씀과 지혜(법시, 法施)가 될 수도 있다. 두렵고 불안한 마음을 없애주는 것은 두려움, 즉 외(畏)를 없애주는 보시라고 하여 무외시(無畏施)인데 재시나 법시보다 더 훌륭한 보시로 여긴다. 재물과 불법을 잘 몰라도 누구나 할 수 있는 것이 무외시(無畏施)이다. 무제칠시라고 하여 재물 없이 할 수 있는 일곱 가지 보시가 있다.

화안시(花顔施)는 부드럽고 정다운 눈빛으로 사람을 대하는 것이다.

언시(言施)는 사랑, 칭찬, 위로, 격려 등 따뜻한 언어로 마음을 전하는 것이다.

심시(心施)는 착하고 자비로운 마음으로 타인을 대하

는 것이다.

안시(眼施)는 호의와 사랑을 담은 눈빛으로 사람을 바라보는 것이다.

신시(身施)는 몸으로 남을 돕는 행위이다.

좌시(坐施)는 자리를 양보하는 것 등이다.

찰시(察施)는 상대의 속을 헤아려 알아서 도와주는 것이다.

일반적(一般的)으로 주는 것만을 베풂이라고 생각하지만, 보시(報施)의 개념을 넓혀 미움을 버리고 용서하는 것, 상대방을 이해하고 배려하는 것도 모두 마음으로 하는 베풂이라고 할 수 있다.

유상(有相) 보시와 무주(無住) 상보시가 있는데, 보시는 자비심의 실천이고 불자의 도리에 그치는 것이 아니라 깨달음을 얻기 위한 수행의 방법이다. 그래서 육바라밀(육 바라밀은 보살의 여섯 가지 수행덕목인 보시, 지계, 인욕, 정진, 선정, 반야바라밀을 의미하는 불교 교리이다) 수행의 첫 번째도 보시 수행한다.

보시가 수행되려면 상(相)을 떠난 보시를 해야 한다. 상은 우리가 사는 현상계에 관한 생각, 고정관념(固定觀念)과 분별, 집착 등을 말한다. 보시에 관하여 상의 예를 들면 나의 선행을 드러내어 명성을 얻거나 칭찬을 바라고 하는 보시, 스스로 만족감과 우월감을 느끼는 보시 등이 그것이다. 전혀 하지 않는 것보다는 유상 보시라도 하는 것이 좋지만 진정한 보시 수행은 상에 머무르지 않는 보시, 내가 누구에게 무엇을 보시한다는 생각조차 일으키지 않고 하는 무주상보시를 통해서 수행을 이룬다.

오른손이 하는 일을 왼손이 모르게 하라는 성경 마태복음의 말씀이 있지만, 이 말은 남에게 보이려고 의로운 일을 사람들 앞에서 일부러 드러내서는 안 된다는 가르침이다.

그런데 불교의 무주상보시는 이보다도 더 나아가 "내가 착한 일을 하고 있다는 생각조차 내지 말고 하여야 한다."는 깊은 뜻이 있다.

선악의 분별마저도 떠난 것이다. 그래서 이런 무주 상

보시는 유상보시조차 선뜻 마음 내기 쉽지 않은, 중생으로서는 참으로 실천하기 어려운 일이 아닐까 하는 생각이 든다. 생각하는 것만으로도 만족할 수 있다면 보지 않아도 행복하다. 보는 것만으로 만족할 수 있다면 만지지 않아도 행복하다. 만지는 것만으로 행복할 수 있다면 굳이 갖지 않아도 행복하다.

그러나 우리는 기를 쓰고 보고, 만지고, 가지려 하므로 불행(不幸)을 자초하는 것이다. 기대가 크면 실망이 크고 실망이 크면 괴로움도 커진다. 기대하지 않으면 실망이 없고 괴로움도 생길 리가 없다. 선업낙과(善業樂果), 악업고과(惡業苦果)의 인과응보(因果應報) 법칙은 연기법(緣起法)에 따른 진리이지만 낙과를 얻기 위해 선한 일을 짓고 고과를 피하고자 악업을 짓지 않는 것은 역시 상에 매이는 그것으로 생각한다.

지옥에 가지 않고 극락에 갈 목적으로 공덕을 짓고 보시(報施)를 하는 것, 마지막 날에 심판받지 않기 위해 선행(善行)을 하고 악행(惡行)을 참는 것 역시 상에 얽매인 행동이라고 여겨진다.

종심소욕불유구(從心所欲不踰矩)는 논어(論語) 위정(爲政)편에 나오는 말이다. 이는 칠십 세에 이르러 마음이 원하는 대로 행동해도 법도(法道)에 어긋나지 않는다는 의미이다. 공자(孔子)는 자신의 인생을 10년 나이마다 다음과 같이 표현하였다.

십오 세에 학문에 뜻을 두었고(志于學),

삼십 세에 뜻을 확고히 하고(而立),

사십 세에 미혹되지 않으며(不惑),

오십 세에 천명을 깨닫고(知天命),

육십 세에 남의 말을 듣고 이치를 이해(耳順),

칠십 세에 마음대로 행동해도 법도를 넘지 않는다(從心所欲不踰矩).

불유구는 법도를 어기지 않는단 뜻이다. 종심은 고희(古稀), 칠순(七旬)과 같은 말이다. 무엇이든 마음 내키는 대로 하여도 넘치고 모나는 일이 없다는 공자님 말이다. 공자가 칠십이 되어 이런 경지에 이르렀다는 말이다. 이는 무주상(無住相)의 경지에서 마음의 본래 성품

에 따라 사는 삶이라고 할 수 있다. 상에 매이지 않고,
맑고 깨끗한 마음으로 사는 삶이 수행의 목표라 할 수
있다.

제7부

유교에서 바라본 죽음관

7. 유교에서 바라본 죽음관

1) 불교가 유교에 미친 영향

　조선시대 우리 사상의 주류인 성리학은 불교(佛敎)와 도교(道敎)의 사상을 대부분 수용하였다고 볼 수 있다. 중국에서도 한나라 초기 유학자인 동중서(董仲舒)가 유학을 한나라의 통치이념으로 내세웠지만, 한나라 말기에 이르면 불교와 도교의 세력이 커지면서 유·불·도 삼교(三敎)가 서로 영향을 주고받으면서 그 과정에서 불교와 도교의 우주론을 유교에서 차용하여 유교의 부족한 부분을 채운다.

　유교용어인 양상군자(梁上君子), 백안시(白眼視), 삼천

지교(三遷之敎) 등등 수많은 언어를 우리는 현재도 일상 생활에서 자주 사용한다. 마찬가지로 불교용어인 아수라장(阿修羅場), 악착(齷齪), 염화시중(拈花示衆)의 미소 등등 수많은 용어가 우리의 일상에서 언급된다.

성리학(性理學)은 인간과 자연의 보편적인 법을 추구하는 방향으로 나간다. 논어(論語) 맹자(孟子)를 읽어보면 공자 맹자 당시의 유학(儒學)은 윤리적(倫理的) 실천을 강조하였을 뿐 우주만물(宇宙萬物)의 발생, 변화와 그 본질(本質)이 무엇인지 설명하는 것은 부족(不足)하였다.

이런 우주론적(宇宙論的) 생각은 노장사상(老莊思想)이나 불교의 일체감과 초월의식에서 나온 것이라는 연구들이 있다. 성리학의 "내 속에 만물이 다 들어있다."라는 사상은 불교적 사유를 빌려온 것이다. 성리학에서 만물에 태극(太極), 즉 理가 들어있다는 사고는 만물에 불성(佛性)이 들어있다는 불교의 논리다. 성리학의 중요 개념인 성(性)과 리(理)도 불교의 영향으로 본다. 인간의 본성을 본연지성과 기질 지성으로 구분한 것은 불교 수능엄경의 본연성과 화합성에서 가져온 것으로 보인다.

또한, 태극은 하나이지만 태극이 구체적인 사물 속에 담긴 모습은 여러 가지로 달라진다는 서술은 모두 다 불교의 월인천강, 월인만천에서 가져온 것으로 보인다.

월인천강은 조선시대 세조(世祖) 때 지은 월인천강지곡(月印千江之曲)에서도 잘 나타나는 것처럼, 하늘에 뜬 달은 하나이지만 그달이 모든 강에 비추어져 있다는 것으로, 불성이 만물에 들어있다고 하는 논거이다.

불교는 조선시대 성리학의 공부법에도 영향을 준다. 많은 선비가 경건성을 기르기 위해 고요히 앉아서 내면을 들여다보는 정좌법은 불교의 수행법인 좌선(坐禪)에서 유래한 것이다.

그러나 우리는 "사자가 사슴을 잡아먹고 토끼를 잡아먹었다고 하여 사자를 사슴이나 토끼라고 할 수는 없다." 성리학이 불교나 도교의 개념과 방법론을 수용하였다고 해서 성리학(性理學)을 불교(佛敎)라고 할 수는 없는 것이다. 성리학은 현실을 부정하는 불교와 도덕을 부정하는 도교의 우주론(宇宙論)을 수용하였지만, 이를 바탕으로 현실 긍정의 도덕철학(道德哲學)을 강화했다고 볼 수 있다. 성리학을 집대성(集大成)한 주희의 사상체계(思想體系)는 그 깊이와 넓이는 엄청나다고 할 수 있다.

유교를 기반으로 불교와 도교를 수용하고 당시의 자연과학(自然科學) 성과(成果)까지 이해한 주희는 평생 학문에 몰두한 삶을 지속한다. 그가 남긴 시 한 구절이 오늘날까지 그의 학문에 대한 열정(熱情)을 대변하고 있다.

"소년은 늙기 쉽고 학문은 이루기 어려워라.
아주 짧은 시간이라도 가벼이 여기지 말지니
연못가 봄풀이 아직 꿈에서 깨어나지도 못했는데
계단 아래 뒹구는 오동잎은 벌써 가을 소리를 내는구나!"
少年易老學難成　一寸光陰不可輕
未覺池塘春草夢　階前梧葉已秋聲

만약 우리가 내일에서 오늘을 바라본다고 가정하면 오늘은 과거이다. 즉, 노인도 이런 식으로 생각한다면 소년이다. 젊은이가 늙는다는 거는 쉬운 일이고 불교의 관점에서 보면 자연스러운 생로병사(生老病死)의 과정이라고 할 수 있다. 그러나 학문을 이룬다(완성)는 것은 쉬운 일이 아니며 시간이 필요하다. 그래서 일 촌의 시간도 아까운 것이다.

그러나 육체적 관점에서 청춘, 노년을 한정할 필요가 있을까? 소년과 노년을 시간과 정신의 관점에서 본다면 마음이 날마다 깨어나는 이가 소년이라고 생각된다. 위에서 언급한 주자의 말은 단지 젊은이에게만 해당하는 말이 아니라 모든 인간에게 해당한다는 사실을 알 수 있다.

2) 성리학 관점에서의 탄생과 죽음

내가 이 세상에서 태어난 것은 어디선가 온 것이 아니다. 죽어서 땅에 묻힌 것은 어디론가 간 것이다. 그러나 죽은 다음 내 몸에서 빠져나간 물은 내 몸에서 보면 어디론가 간 것이지만, 대지의 처지에서 보면 어디선가 온 것이라는 생각이 든다.

또한, 그 물은 다른 물과 만나서 시냇물이 될 수도 있고, 증발하여 하늘로 올라갔다가 비가 되어 눈이 되어 다시 내릴 수도 있는 것이다.

그 물을 동식물이 먹을 수 있다. 이런 점에서 보면 이런 변화가 어디로 가는 것도 아니고 어디에서 오는 것도 아님을 알 수 있다.

화담 서경덕은 그의 저서 화담집에서 사람이 죽음도 이처럼 보았다. 그는 "만물은 어디에서 와서 어디로 가는가?"

그리고 정도전은 불교를 비판하며 유교에 입각한 조선

사회를 꿈꾸고 실천하였다. 정도전의 불교 비판 근거를 자세히 살펴볼 필요는 있다. 정도전은 1398년(태조 7년), '부처 씨의 주장에 대한 반박'이라는 의미로 당시 타락한 모습의 고려말 불교 실상을 비판하며 심문천답(心問天答), 심기리(心氣理), 불씨잡변(佛氏雜辨)을 출판하였다.

첫째, 심문천답(心問天答: 마음이 묻고 하늘이 답한다)에서 불교의 인과응보(因果應報) 논리에 대해 유교적 가치인 성(性), 경(敬), 의(義), 용(勇)과 도덕적(道德的) 실천(實踐)의 중요성을 강조한다.

둘째, 심기리(心氣理) 책에서 심난기(心難氣), 즉 마음이 기(氣)를 비난한다. 기난심(氣難心), 즉 기(氣)가 마음을 비난한다. 이유심기(理論心氣): 리(理)가 마음(心)과 기(氣)의 잘못 깨우쳐 준다는 것을 주장한다.

여기서 심(心)은 불교, 기(氣)는 도교, 리(理)는 성리학을 상징(象徵)한다. 심기리에서 정도전은 인간(人間)의 의미(意味)는 리(理)가 실현하는 가치인 도덕성(道德性)에 있고, 그 가치의 중심(中心)은 인(仁)이라는 인간성(人間性)과 의(義)라는 사회성(社會性)이라고 주장한다.

그에 의하면 불교(佛教)와 노장(老莊)은 이 핵심 가치(核心價値)에 대한 인식(認識)이 없다는 것이다. 정도전은 노장(老莊)의 기(氣)는 신체(身體)의 자연성(自然性)을 숭상하고 생명(生命)의 연장(延長)을 꾀할 뿐이고, 불교는 사물의 영향력을 줄이기 위해 외부의 통로를 닫고 자기 속에 유폐(幽閉)되어 버렸다. 따라서 리(理)가 살아 있어야 진정 마음이 생기고 고요와 밝음을 유지할 것이며, 리(理)를 길러야 기(氣)가 넓고 큰 기상(氣像)을 확보할 수 있다고 주장한다.

권근은 정도전의 심난기는 '불교(佛教)의 입장에서 도교(道敎)를 비판'한 글이라고 해석을 달았다. 참고로 기(氣)라는 단어는 우리의 현실 생활에서 친숙하게 사용되는 말이다. 감기(感氣), 한기(寒氣), 열기(熱氣), 생기(生氣), 살기(殺氣), 기절(氣絶), 기운(氣運), 기세(氣勢), 기합(氣合), 군기(軍氣), 인기(人氣), 기진매진(氣盡脈盡), 기분(氣分), 노기(怒氣), 분기(憤氣), 오기(惡氣), 기고만장(氣高萬丈), 심기(心氣), 총기(聰氣), 용기(勇氣) 등으로 기(氣)가 사용되고 있다.

장자(莊子)는 삶은 죽음을 쫓아가는 무리이며 죽음은 삶의 시작이니 누가 그 실마리를 알 수 있겠는가? 사람의 삶이란 기(氣)가 모인 것이다. 기(氣)가 모여 있으면 삶이고, 기(氣)가 흩어지면 죽음이다. 즉 죽음과 삶이 같은 무리이다. 그러므로 만물(萬物)은 모두 한가지라고 말한다. 분별적 지식으로 보면 생과 사는 다르다.

그러나 무분별의 관점에서 보면 생과 사는 다르지 않다. 삶과 죽음은 끊임없이 변화(變化)하는 과정인데 그 가운데서 어느 것이 삶이고 어느 것이 죽음이라고 말할 수 없다는 것이다. 삶과 죽음은 동전의 양면처럼 한 국면의 다른 관찰일 뿐이다. 죽음과 삶은 본질에서 같은 흐름을 두고 말을 다르게 할 뿐이다. 생사(生死)라는 것은 하나의 판단이고 시작 혹은 끝이라는 것도 하나의 판단이다. 살아가는 것이 곧 죽어가는 것이기도 한 우리 삶은 어느 부분이 시작이고 어느 부분이 끝이라고 말할 수 없다는 것이다. 사람뿐 아니라 존재하는 모든 사물은 끊임없이 변화(變化)하고 있기 때문이다.

이런 사물(事物)의 변화(變化)는 기(氣)가 모였다 흩어지는 과정(過程)이라고도 볼 수 있다. 사람도 기(氣)의 취산(聚散)에 불과하다면 인간의 생과 사 역시 기(氣)의 이합집산(離合集散)에 지나지 않는다고 본다. 사생(死生)은 분별적 앎이다. 또한, 생존본능에 대한 애착의 감정이며 동시에 생명 단절에 대한 두려움의 감정이기도 하다. 즉, 사생은 분별적 지식이면서 동시에 본능적(本能的) 감정(感情)이다. 그러나 대인(大人)은 '만물은 하나'라는 인식으로 분별의 지식과 본능적 기본 감정을 사라지게 하여 마음에 아무런 근심이 없게 한다는 것이다.

이것은 마치 불교에서 탐욕을 없애는 수행법으로 백골관(白骨觀)과 유사하다고 볼 수 있다. 아름다운 모습을 백골(白骨)이라고 바라보면 탐욕이 없어지는 것처럼 만물은 무상(無相)하여, 티끌과 다를 바 없다고 관찰하면 아름다움에 대한 신기한 감정이 없어지는 것과 같다고 볼 수 있다는 것이다.

정도전은 "세상 삼라만상(森羅萬象)의 보편적원리(普遍的原理)에는 리(理)와 기(氣)가 있다."라고 주장한다. 또한, 인간의 마음을 주재(主宰)하는 핵심 요소는 리(理)라고 한다.

그리고 리(理)가 만물(萬物)의 원리(原理)인 만큼 인간의 마음이 곧 본성(本性)이라는 것이다.

그러나 불교는 인간의 마음과 본성을 구분 지으니 잡소리가 분명하다고 주장한다. 정도전은 불씨잡변(佛氏雜辨)에서 불교의 교리와 사회적 폐해를 20개 조목으로 정리해서 비판(批判)한다.

또한, 중국 양나라가 불교 때문에 나라가 무너지고 사회가 흐트러진 역사적 사실을 고려에 비유하여 불교의 폐단을 주장하는 오류를 범한다.

불씨잡변(佛氏雜辨)에 나타난 정도전의 주장을 요약(要約)하면 "불교는 인간과 우주에 대한 인식이 잘못되어 사람들이 의(義)를 망각하게 해서 사회(社會)를 무너뜨린다."라는 것이다. 정도전은 불교는 부모와 자식 간의 인(仁)을 저버리고, 도(道)와 기(氣)를 혼동하고 기의 작용을 강조하여 자기모순(自己矛盾)에 빠지며, 현실 세계의 실존을 인정하지 않는 유아론자이고, 증명할 수 없는 내세관(來世觀)과 업설(業說)을 구실로 백성을 위협, 착취하는 비윤리적(非倫理的) 가르침이라는 것이다.

당시 여말선초의 시기에 불교 내부에서도 사찰(寺刹)이 토지(土地)와 노비(奴婢)를 소유하고 윤회를 빙자하여 혹세무민(惑世誣民)한 것은 불교의 수치(羞恥)로 인식하는 반성의 분위기도 있었다. 불씨잡변에서는 주희의 초기 견해인 성체심용(性體心用)을 따라 성품(性品)을 마음 작용(心)보다 우선시하며 불교를 비판하였지만, 조선 후기로 오면서 주희의 후기 관점인 심통성정(心通性情)의 관점에서 심(心)의 중요성을 크게 평가하는 방향으로 나갔다.

정도전은 성(性)과는 달리 심(心) 자체는 선악(善惡)이나 진리(眞理)를 담보하지 못한다고 여겼으나, 정도전과 동시대(同時代) 사람인 권근과 이황을 포함한 후기 성리학자(性理學者)들은 마음이 태극(太極)과 무극(無極)의 개념을 품고 있다고 주장한다.

정도전의 불교에 대한 일차원적 비판은 조선이 멸망

한 후 유교에 대한 일차원적 비판으로 이어진다.

　필자가 보기에도 정도전은 '유행(流行)은 반복(反復)되고' '역사(歷史)는 반복(反復)된다.' '음지(陰地)가 양지(陽地)되고 양지가 음지 된다.'를 본인이 스스로 증명한 셈이다(불씨잡변 탈고 후 몇 달 후에 이방원의 1차 왕자의 난으로 56세 삶을 마감함). 정도전 불씨잡변의 불교 비판 내용을 살펴보면 다음과 같다.

　첫째, 윤회설(輪迴說)은 자연의 이치에 어긋난다.

　둘째, 인과응보(因果應報)는 인간의 도덕적 책임을 흐리게 한다.

　셋째, 출가제도는 부모와 군주에 대한 효(孝)와 충(忠)을 저버리는 것이다.

　넷째, 사원(寺院)은 백성을 착취하며 권력을 독점하고 있다.

　정도전은 왕실과 귀족의 후원으로 당시 거대한 토지와 노비를 소유한 당시 고려말 불교사찰의 타락상을 비판하며, 종교적 교리 비판에 이어 사회개혁 필요성을 주장한다. 당시 고려말의 사회 상황은 승려는 정치에 개입하거나 면세, 면역 특권을 누리며, 일반 백성은 과도한 노동과 세금으로 고통받는 구조이었고. 이를 개선하기 위해 정도전은 조선 초기불교 억제가 단순 종교탄압이 아닌 국가 질서 회복과 민생 안정의 관점에서 숭유억불정책(崇儒抑佛政策)을 편다.

이후 이 정책들은 왕권 강화와 연결된 국가 주도의 종교 정책으로 전개된다.

정도전의 불교 비판의 한계점으로 그는 불교 교리에 대한 정확한 이해가 부족하였으며, 불교 교리에 대한 비판이 아닌 왕권 강화 필요성에서 불교를 비판하였다. 불교의 핵심 개념인 연기설, 색즉시공(色卽是空), 공즉시색(空卽是色), 변화, 업보 등의 깊은 철학적 맥락보다는 유교적시각(儒敎的視覺)과 사회윤리(社會倫理)를 기준으로 불교를 재단하였다.

리기론적 관점에서 불교를 분석하여 이념적 경계 짓

기와 정치적 개혁 논리로서 의미를 가지며 한계점을 내포하고 있다고 평가받고 있다.

정도전의 정치사상이 나타난 경제문감(經濟文鑑)과 조선경국전(朝鮮經國典)을 살펴보면 그의 주장이 잘 묘사되어 있다. 정도전(1342~1398)은 두 번의 유배와 십 년의 귀양살이 도중에 독서와 성찰을 통해 자신을 연마하며, 국가 경영에 필요한 대도(大道)를 구상하며 이성계의 조선 개국과 더불어 전제(田制), 군제(軍制)를 대표적으로 개혁하였고 정치제도를 개혁하고, 민본주의 정신을 바탕으로 한 성리학에 기반한 조선경국전을 완성하여 조선을 왕권이 재상에 견제받는 법치국가로 즉 중앙집권적 관료제 국가로 만들려고 시도하였다. 정도전의 정치사상은 경제문감(經濟文鑑)과 조선경국전(朝鮮經國典)에 잘 나타나 있다.

경제문감(經濟文鑑)에 나타난 정도전의 정치사상(政治思想)은 1395년(태조 4)에 정도전이 조선왕조의 정치조

직에 대한 초안(草案)으로 나라를 잘 다스려서 세상을 구제(救濟)한다는 의미를 담고 있다. 문감(文鑑)은 거울을 의미한다. 경국제세(經國濟世)는 정치가 존재하는 이유이기도 하다. 경제문감에 나타난 정도전(鄭道傳)의 정치체제(政治體制) 및 통치 철학을 한마디로 요약하면, 민본주의에 바탕을 둔 재상(宰相) 중심의 관료정치와 상호 간 견제(牽制)와 균형(均衡)이다.

재상(宰相)을 중심으로 하는 정치(政治)-군군신신(君君臣臣), 즉 임금은 임금다워야 하고 신하는 신하(臣下)다워야 한다는 점이다. 재상의 업무는 임금을 바르게 하는 것이다.

그의 주장은 아래처럼 요약된다.

첫째, 민본주의(民本主義)(백성 중심, 백성 사랑)

둘째, 실용주의(實用主義)

셋째, 부국강병(富國强兵)의 정치이념(政治理念)이라고 할 수 있다.

태조가 즉위하면서 교시한 정도전이 구상한 고과법(考課法)에는 지방 수령의 근태를 조사 감독해서 등급을 정하는 명칭이 소개되어 있다. 그 내용을 살펴보면 다음과 같다. 선(善)은 덕의, 정근, 공평, 각근으로 구분하고, 최(最)는 옥송(獄訟)에서 억울함이 없는 것이고, 납세 독촉 백성을 불안하지 않게 함이다. 부역(負役)을 균등하게 차출(差出)하는 것, 농토 개간, 뽕나무를 심는 것, 토지 개간, 수리(水理)를 잘 다스리는 것, 도적(盜賊)을 없애는 것, 가난을 구제(救濟)하는 것으로 구분한다.

정도전이 쓴 경제문감(經濟文鑑)의 내용 구성은 다음과 같다.

경제문감(經濟文鑑) 상권(上卷)의 구성은 재상(宰相)에 대한 소개이며, 국무총리 격인 재상(宰相)이 해야 할 일 사십칠 가지를 제시한다. 주요 책무 열일곱 개를 소개하면 다음과 같다.

① 자기 몸을 바르게 한다

② 임금을 바르게 잡아야 한다.

③ 인재를 볼 줄 알아야 한다.

④ 일을 잘 처리해야 한다.

⑤ 옳은 것을 바치고 그른 것을 바꾼다.

⑥ 먼저 그 몸을 버려야 한다.

⑦ 밝은 지혜로써 대처해야 한다.

⑧ 악(惡)을 처음에 그치게 해야 한다.

⑨ 근심하고 부지런히 일하며 삼가고 두려워해야 한다.

⑩ 지극한 정성을 간직해야 한다.

⑪ 재상은 천하의 기강(紀綱)이다.

⑫ 재상은 장관을 선택하고 장관은 보좌관을 선택해
야 한다.

⑬ 널리 천하의 인재에게 도움을 받아야 한다.

⑭ 나를 바르게 하여 남을 바르게 해야 한다.

⑮ 재상이 되는 데에는 규모가 있어야 한다.

⑯ 재상의 직분은 사람을 임용하는 데 있다.

⑰ 옛날의 대신은 용기(勇氣) 있게 물러나는 절조(節操)
가 있었다.

정도전이 저술한 경제문감(經濟文鑑) 책 하권의 내용 구성은 다음과 같다. 정도전은 대관, 간관, 위병, 감사, 주목, 군 태수, 현령에 대해 자신의 의견을 주장한다.

대관은 정치인의 부정부패 및 비리를 감찰 규찰하는 현재의 검찰인바, 정도전은 대관의 임무와 자질을 아래와 같이 언급하였다.

첫째, 탄핵에 앞서 대관은 먼저 자신이 위엄과 신망을 갖춰야 한다.

둘째, 대관은 마땅히 존중되어야 한다.

셋째, 대관의 영예는 소중히 여겨야 한다.

넷째, 대관은 용감해야 한다.

다섯째, 남을 문책하되 또한 스스로 문책해야 한다.

간관은 임금에게 간(諫)하는 신하를 말한다.

첫째, 간관은 재상과 동등해야 한다.

둘째, 간언하는 신하를 내쫓는 것은 아름다운 일이 아니다.

셋째, 간언하는 신하는 재상을 억제한다.

넷째, 마땅히 천하제일의 인물을 등용해야 한다.

다섯째, 간관은 굳세고 곧아야 한다.

여섯째, 간관의 권한이 가벼우면 사람들이 무서운 게 없는 줄 안다.

감사는 지방관을 감찰하는 관직이다. 암행어사가 대표적으로 감사를 하는 벼슬이며 감사는 정도전이 작성해 놓은 고과표에 따라 지방관을 상 중 하로 구분하여 상에 해당하는 관리는 승진시키고, 중에 해당하는 관리는 그대로 두며, 하에 해당하는 관리는 좌천, 파직해 버린다.

첫째, 감사는 그 사람됨을 가려서 뽑아야 한다.

둘째, 감사는 모두 들추어 탄핵해야 한다.

셋째, 감사는 지나치게 관대하거나 너그러워서는 안 됨

넷째, 감사는 몸소 먼 곳까지 순시해야 함

언론 활동은 정도전이 재상 중심의 정치 다음으로 가장 중요한 정치 부분이다. 정도전은 한 사람에게 권력이 집중되는 것을 무조건 반대한다. 그래서 왕(王)이 있지만, 그 왕(王)조차 견제할 수 있는 재상(宰相)이 있어야 하며 또한 재상의 힘을 견제할 수 있는 대관, 간관이 있어야 한다고 주장한다. 그 이유는 인간은 누구나 불완전한 존재이기에, 서로가 견제 비판하게 하여 힘의 균형을 이루도록 하기 위해서라고 주장한다.

위병은 군사(軍事)제도를 말한다. 조선은 부병제(府兵制)이며 부병제란 지금의 징병제(徵兵制)를 말한다.

주목, 군 태수, 현령은 감사들이 감찰해야 할 지방관을 말한다. 오늘날 시장, 도지사, 군수이다. 정도전은 지방관은 너그러워야 하고 착해야 한다. 그러나 감찰직(監察職)은 너그러워 서는 안되고 피도 눈물도 없어야 한다. 그 이유는 감찰직은 정치인(政治人)을 다루고 지방관들은 백성들을 다루기 때문이다.

첫째, 지방관은 백성과 가장 가까워야 한다.

둘째, 착한 정치에는 감응하는 것이 있다.

셋째, 관리는 백성의 유모(乳母)이자 목자(牧者)이다.

위에서 언급한 정도전 주장의 한계점 및 생각해볼 문제는 다양하다고 할 수 있다.

정도전의 경제문감(經濟文鑑)에 나타난 사상은 지나치게 이상적일 수도 있지만, 현대의 정치인들에게 많은 것을 시사한다. 모든 정치인은 최대한 그 이상에 가까워지려고 노력해야 한다는 점을 시사한다.

재상(宰相)이 모든 일을 처리할 경우 권력(權力)이 그에게 쏠릴 수가 있다. 만약 능력은 있으나 문란(紊亂)하고 타락(墮落)한 인물이 재상이 된다면 어떤 상황이 벌어질 것인가? 그래서 정도전은 마지막 항목에서 재상은 손뼉 칠 때 떠나라고 한다.

정도전은 재상에게 많은 자질을 요구하며 이상적(理想的)인 정치(政治)를 구현하려 시도하였다. 그래서 아무나 정치를 해서두 안 되고 아무나 재상이 될 수도 없는 것으로 생각한다. 경제문감(經濟文鑑)에서 정도전의 정치 사상과 이상을 볼 수 있다면 조선경국전(朝鮮經國典)에서 정도전이 그의 사상과 이상을 어떻게 정책에 반영하여 실행했는지를 알 수 있다.

조선경국전(朝鮮經國典)의 구성 내용은 여섯 개의 전(典)으로 구성된다.

① 치전(治典): 나라를 다스리는 법이다.

　　－재상(宰相)의 중요성 역설

　　－인재(人才) 등용의 중요성 신상필벌(信賞必罰)

② 부전(賦典): 세금 걷는 법이다.

　　－호적과 토지대장의 철저한 조사 작성

　　－국가전매(소금, 나무, 물고기, 금, 은, 옥, 구리, 철, 선박)

③ 예전(禮典): 국가 행사, 외교, 교육에 대한 내용이다.

④ 병전(兵典): 국가의 군사업무－병농일치제(兵農一致制), 징병제이다.

⑤ 헌전(憲典): 국가의 법이다.

⑥ 공전(工典): 국가의 건설(建設)사업, 궁궐, 관청, 성곽, 창고, 종묘, 사직 등 국가에 필요한 건물을 관장한다.

역사적 기록에 따르면 정도전은 57세의 삶을 파란만장하게 살다 갔다. 그는 경북 영주에서 태어나 유학을 공부하며 성균관(成均館)에서 공부한 유학자(儒學者)이다. 영주는 천년 사찰이며 세계문화유산인 화엄종(華嚴宗)의 대가 의상대사(義湘大師)가 창건한 유서 깊은 부석사(浮石寺)가 있는 곳이다. 부석사 무량수전(無量壽殿)이 있는 불교의 성지 중 하나이다. 그곳에서 태어나서 어려서부터 불교를 접했을 법한 정도전이 불교를 비판한 것은 아이러니이다. 그는 불교를 배척하며 불씨잡변(佛氏雜辨)(부처 씨에 대한 비판), 심문천답. 심기리 등 성리학적 시각에서 불교를 피상적으로 이해하며 비판을 가한다.

정도전이 유배 간 이유는 다음과 같다. 고려 우왕(1375) 고려 재상들이 명(明)나라가 아닌 원(元)나라와 화친(和親)을 맺으려 하자 정도전은 당시 실세 이인임을 맹비난하여, 당시 실권자 이인임은 왕명을 이용하여 정도전에게 원나라의 사신을 맞으라는 명령을 내렸으나, 정도전은 명령을 거부하여 죄인이 되어서 유배(34세)를 당했다. 전남 나주지역 유배지에서 민생(民生)을 실감하며 와신상담(臥薪嘗膽)한다. 정도전이 나주로 유배 가며 남긴 시(詩)는 다음과 같다.

"예로부터 사람은 한번 죽는 것이니, 구차하게 살기를 탐하지 않으리라. 自古有一死, 俞生非所安"

오십칠 세에 이방원이 보낸 자객에게 죽기 직전에 남긴 시도 전한다.

'조존과 성찰(操存, 省察)', 즉 "자신감을 가지고 반성하며 삼십여 년을 열심히 삶을 살았다."

정도전의 파란만장하며 역동적인 삶이 엿보인다.

이성계가 정도전에게 하사(下賜)한 유종공종(儒宗功宗)이란 글도 전해진다.

필자는 문득 구절을 보며 떠오르는 단상이 있다. 정도전이 당시에

'학문, 벼슬에서 최고'란 의미이지만 '정상일 때 떠나라, 달도 차면 기운다'에 조심하라는 의미도 내포되어 있지 않았을까 하는 아쉬움도 남는다.

3) 타 종교인과 만남과 인연

필자가 원주에서 부동산 사업을 하며 만나서 인연을 맺고, 경험한 타 종교인(宗敎人)은 두 분이다. 한 분은 강 신부이고, 다른 분은 홍 목사이다. 신부(神父)는 가톨릭에서 분파(分派)한 성공회(聖公會) 사제(司祭)를 말한다. 가톨릭 사제는 결혼을 못 하지만, 성공회 사제는 결혼이 허락된다. 그 이유는 성공회가 영국에서 분파한 종교라서 로마가톨릭과 분리한 역사적 배경이 결혼 문제라서 그렇다. 목사(牧師)는 신학대학을 졸업한 목사이다. 거사(居士)는 우바새(優婆塞)라고도 하는데 필자일 수도 있다.

거사 우바새는 속인으로서 법명을 가진 남자이다. 불교에서는 사부대중(四部大衆)이 있는데, 이는 비구(比丘), 비구니(比丘尼), 우바새(優婆塞), 우바이(優婆尼)를 말한다. 우바새는 불교에서 출가하지 않고 속세에서 불교를 믿는 남자 거사, 재가 신자(在家信者)를 의미한다.

그런데 우연(偶然)하게 세 명이 필자의 아파트 부동산

분양회사(分讓會社)에서 만났다. 홍길도 목사는 신체적 장애(障礙)를 가졌다. 어릴 때부터 다리가 불편하다고 하였다. 그러나 선천적으로 낙천적인 성격과 미소로 극복하였다. 항상 미소(Smile)를 보인다. 별명이 가수 송창식의 '언제나 웃는 멋쟁이' 가사 제목이다. 젊어서는 종교음악(宗敎音樂)을 전공하여 음악감독으로 활동하였다고 한다. 그리고 젊은 시절에 장애인 복지 관련 재단을 만들어서 장애인 복지사업을 하였다. 그러다가 코로나 시기에 회사가 부도가 나고 실업자가 되어서 호구지책(糊口之策)으로 보험설계사(保險設計士)일 등 여러 일을 시작하였다.

강원득 신부(神父)는 가톨릭에서 분파(分派)한 성공회 사제(聖公會司祭)를 오랜 기간 역임했다. 대학에서 은퇴 후, 그동안 막힌 학교 교실에서 벗어나 생생한 인간 삶의 현장에 뛰어 들어가서, 학교에서 경험해 보지 않은 이 세상 다양한 직업에 종사하는 사람들을 자유롭게 만나면서 더 넓은 세상을 경험하기 위해서, 그리고 인간들을 더 알고픈 것을 꿈꾸었다고 하였다. 그래서 선택한 일이 강원도로 가서 바닷가 조그만 도시에서 대리 운전을 이 년간 경험하였다. 그리고 그 경험담(經驗談)을 책으로 출간하기도 하였다. 그리고 원주에서 먼저 합류하여 필자와 부동산 분양사업 일을 하던 중간에 홍 목사가 부동산 분양사업에 우연히 합류한 것이다. 홍 목사가 공교롭게도 저녁에는 대리운전 관련 회사를 이전에 운영하고 있었다. 그래서 우연이 겹쳐서 강 신부, 홍 목사가 함께 강원도 원주에서 대리운전 파트너가 되어 야간(夜間)에 같이 대리운전 일을 다시 시작하며 세상 경험을 한다. 강 신부가 운전하고, 홍 목사는 몸이 불편하여 강 신부를 따라다니며 픽업을 한다. 그리고 낮에는 우리 셋이 다시 부동산회사에 모여서 사업을 하였다. 서로 다른 인생을 살아온 삶의 노하우를 공유하며 일은 잘 성취되었다.

홍 목사는 분양일에 처음 입문(入門)하여 인맥을 잘 활용하여 수십 건의 아파트 계약(契約)을 성사(成事)시켰다. 원주의 천 세대 이상 대단지 아파트를 판매하는 회사에 입사하여 프리랜서로 그 아파트 단지를 완판 분양하는 데 커다란 능력 발휘를 하였다. 불편한 장애의 몸으로 타의 추종을 불허한 계약 실적을 달성하였다. 그리고 많은 계약 수당을 받았다. 어느 날 누군가가 농담으로 물었다. 이 세상의 수많은 약, 마약, 신약, 구약 등 수많은 약(藥) 중에서 어떤 약(藥)이 가장 좋으냐고, 누군가 농으로 질문하였던 적이 있다. 질문을 받은 우리는 당연히 '계약'을 성사시키고 한 건당 몇백만 원을 받을 때 기분이 최고라고 하였다. 계약이 최고라는 것이다. 그래서 분양인들은 처음 계약을 쓰면 저 직원이 뽕 맞았다고 표현한다. 한 건의 계약을 성사하고 수백만 원의 수수료를 받을 때 기분이 아주 좋아서 그렇게 표현하는 것이다. 그리고 그 직원은 이 일을 경험한 후부터는 이 일을 그만두고 나서 다른 일을 하기가 쉽지가 않은 것이다. 분양사업은 그만큼 힘들지만, 목돈을 벌기가 쉬운 직업 중 하나이다. 돈은 우리에게 필요로 하는 재화를 제공하기에 당연한 대답이라 생각되었다.

신유학 동양 철학자 중에서도 마음보다 신체, 도덕보다 물질(돈)의 소중함을 설파한 분들이 있다. 그리고 그런 사고는 자신뿐만 아니라 타인에게도 확대 적용해야 한다는 것이다. 왕도정치(王道政治)는 백성의 의식주(衣食住)를 해결하기까지는 말장난에 불과한 면이 있다.

모택동도 그의 저서인 모순론(矛盾論)에서 사회구조(社會構造)가 변해도 계급(階級) 간 모순(矛盾)은 변하지 않는다고 말한다. 지식인을 농촌사회에 보낸 문화대혁명(文化大革命) 시기에도 농촌으로 간 지식인(知識人)들이 다시 그곳에서 지배계급(支配階級)으로 자리 잡는 현실(現實)을 목격한다.

부동산 분양사업으로 돈을 벌어 더 좋은 일에 투자하고 싶다고 홍길도 목사(牧師)는 자신의 소망을 말한다. 지금은 또 다른 프랜차이즈 사업을 진행하며 바쁘게 살고 있다.

또 다른 종교인 3명, 즉 스님, 목사(牧師), 신부(神父)가 직접 만나서 잡설(雜說)을 펼친 사례(事例)는 책(冊)으로 이미 시중에 나와 있었다.

정도전(鄭道傳)은 『불씨잡변(佛氏雜辨)』에서 불교를 비판하지만, 그러나 여기서 말하는 잡설(雜說)은 잡(雜)스러운 이야기가 아니라, 정치(政治), 경제(經濟), 문화(文化)라는 단어로 다 표현(表現)하지 못하는 세상사(世上事), 우리 시대를 표현하는 촌철살인(寸鐵殺人)의 말들이다. 스님, 신부(神父), 목사(牧師)의 잡설(雜說)은 세상(世上)을 변화(變化)시키는 잡설(雜說)이다. 고색창연(古色蒼然)한 고담준론(高談峻論)만을 되뇌며 뒷짐 지고 세상(世上)만 질타(叱咤)하는 종교인(宗教人)들이 아니라, 세상(世上)의 변화(變化)와 폭력(暴力) 앞에 온몸으로 맞서고 있는 사람들이기에, 그들의 잡설(雜說)은 우리 사회(社會)의 실상을 후려치는 죽비(竹篦)소리처럼 들린다.

현재 우리 사회에서 미래를 이어갈 청소년인 아들, 딸들이 죽어가고 있다는 통계가 넘친다고 한다. 죽음 불감증(不感症), 이는 길 하나만 건너면 자기에게 닥칠 현실(現實)이다. 우리 사회의 싸늘한 기운인 무관심은 심각하게 보인다. 종교(宗教) 간의 평화(平和) 없이 세계평화(世界平和) 없다. 종교(宗教)의 기만(欺瞞)과 사기(詐欺)는 어디에서 나오는가! 이는 무지(無知)에서 온다.

한국불교(韓國佛教)는 성철스님이 깨달음을 강조하며

불교(佛教)는 '깨달음'인 것으로 인식된 면이 강하다고 혹자는 말한다. 또한 주교단과 정의구현사제단(正義求現司祭團) 간의 갈등은, 주교(主教)들이 열매는 가져가면서 '농부의 고생과 수고'는 무시하는 모양과 비슷하다고 비판하기도 한다. 노무현 전 대통령은 '국민이 대통령(大統領)'이라고 했고, 필자의 해군 2년 선배인 안철수는 '국민(國民)이 스승'이라고 했지만, 우리 국민 모두는 스승으로 대접받는 것보다 존중(尊重)받고 살아야 할 각자 소중한 인생(人生)이 더 절박(切迫)할 수도 있다.

병(病)에 걸린 기독교와 유마경에 나오는 구절처럼 '중생(衆生)이 아프면 나도 아프다'는 구절도 있는데, 현실은 그렇지 않을 수도 있다

스님 아닌 스님, 목사 아닌 목사, 신부 아닌 신부, 세 명이 모여 나눈 대화내용에 관한 책이 있다. 도법스님. 김민웅 목사. 김인국 신부, 이 세 분의 대화(對話)가 출간된 책을 읽어보니 생각하는 그것만으로 정의감을 느낄 수 있었다. 서로 격의 없이 나누는 세 종교인(宗教人)의 품은 상대의 종교(宗教)에 대한 아무런 편견(偏見)도 없

고 선입관(先入觀)도 없는 그 자체(自體)였다고도 보인다.

    만약에 신부(神父), 목사(牧師), 스님이 함께 산다면 목사, 신부, 스님이 같이 산다면 어떤 일이 벌어질까? 상상의 나래를 편다면 자못 궁금하다. 위 내용을 상상해 보려면 우선 같이 사는 이유가 있어야 할 것이다. 그 이유는 타 종교인과 공생 경험하여 상호이해 폭을 넓히자고 가정(假定)해 보자! 종교인(宗敎人)으로서 사랑의 마음, 자비심을 가지고 함께 살아보자고 결심한 세 명의 종교인(宗敎人)을 설정(設定)하고 이야기를 전개해 보자.

    동거 첫날 종교인들은 각자 평소 하던 대로 신부(神父)는 아침 6시에 종을 울리고 목사(牧師)는 7시에 찬송가를 부르고 새벽기도를 할 것이다. 스님 새벽 4시에 예불을 드리며 목탁을 두드리고 절을 할 것이다. 이들 삼인은 서로 생각하기에 같은 공간(空間)에서 서로 각자 드린 종교 예식이 자기와 다른 방식(方式)이기에 너무 시끄럽게 다가올 것이다. 그러나 첫날부터 짜증을 낼 수는 없다.

얼마의 시간이 지나 각자 서로의 종교 행사에 상대방을 초대하기로 할 수도 있다. 신부는 미사를 마치고 "이 포도주는 예수님의 피고, 이 빵은 예수님의 살입니다." 미사 후 식당에서 신도들과 식사를 한다. 필자가 20년 전에 경험한 신부들은 술은 잘 마셨다. 필자는 교회에서 경험한 바에 의하면 목사는 예배를 마치고 교회 구내식당에서 신도들과 "할렐루야! 오늘도 은혜받으세요!"라고 말하고 식사를 자주 하며 기도한다.

사찰에서는 불공 후 절에서 불자들과 떡과 음식을 나누며 친교를 자주 하지는 않지만, 공양간 앞에는 "이 공양 어디서 왔는가? 내 덕행으로 받기가 부끄럽네, 세상의 온갖 욕심 버리고 몸을 지탱하는 약으로 알아 도업을 이루고자 공양을 받는다."라고 음식에 대한 감사와 이것으로 마음을 다스리며 수행하는 약으로 삼는다고 쓴 문구가 공양간 앞에 새겨져 있어서 항상 수행자의 자세를 유지하려 힘쓴다.

그리고 세 명의 종교가 다른 수행자는 저녁에 거실에 모여 며칠간 함께한 생활에서 느낀 점을 말한다. 결론

은 이럴 것으로 예상한다. "조용히 서로 간(間)에 방해
(妨害)받지 말고 살자."로 귀결(歸結)될 것이다. 그 후 상
대방에게 방해를 주지 않기 위해서 새벽기도 대신에,
신부(神父)는 산책(散策)하러 가고, 목사(牧師)는 찬송가
(讚頌歌) 대신 클래식 음악(音樂)을 듣고, 스님은 목탁
(木鐸) 대신 불경(佛經)을 읽으며 상대방에 대해 배려하
려고 조심하며 소리를 줄일 것이다. 상대방(相對方)을
존중하며 사는 법(法)을 익혀갈 것이다. 서로 다른 것은
나쁜 것이 아니고, 다름을 이해(理解)하려는 마음이 필
요할 뿐이다. 그리고 세 명의 종교인(宗敎人)은 매일 직
접 해야 하는 청소부터 음식 준비, 식사 후 설거지 등
을 하며 공통으로 규칙(規則)과 규정(規定)을 정하여 시
행할 필요성(必要性)에 공감(共感)했을 것이다. 청소(淸
掃)는 순번을 정해서 매일 돌아가며 하고, 새벽 시간 5
시에서 7시 사이에는 침묵의 시간을 가지며 상호 시끄
럽지 않게 자중하며, 음식(飮食)은 건강식 위주로 먹으
며, 누구든 TV를 시청할 때 자기 종교(宗敎)가 나오면
화면을 돌리는 약속(約束)을 하여 시행하였을 것이다.

짧은 동거생활(同居生活)에서 얻은 경험(經驗)은 타협(妥協), 이해(理解), 그리고 웃음이 필요함을 깨달았을 것이다. 그리고 상호 비방보다는 칭찬과 이해심이 발전적 방향임은 자명(自明)해 보임을 알 수 있다. 위 가정된 상황 속에서 타 종교인 간의 공동생활(共同生活)은 인간(人間)의 삶에는 신앙(信仰)도 중요하지만, 함께 산다면 지켜야 할 규칙(Rule)과 법(法)이 있어야 한다는 사실을 깨우쳐 준다는 점이다.

제8부

불교대학에서 수학한 주요 경전

8. 불교대학에서 수학한 주요 경전

불교대학에 입학하면 1년간은 불교 기초교리, 예절 등을 학습한다. 졸업 후 경전반에 입학하면 다음의 불경들을 심오하게 공부할 수 있다. 여기서 언급한 경전 이외에도 아함경(阿含經), 육조단경(六祖壇經), 마란다왕경 등 많은 경전을 접한다.

1) 화엄경(華嚴經)

화엄경은 신라의 자장이 당나라에서 귀국할 때 이 경을 가져와서 강설한 이후 유포되었다. 우리나라 불교 교학의 중심은 화엄경과 법화경을 중심으로 발달한다.

화엄경은 잡화경(雜華經)이라고도 하며, 대방광불화엄경(大方廣佛華嚴經)의 줄임으로 화엄경이라고 부른다.

화엄경 관련 월정사 경허 스님의 일화(逸話)가 전해지기에 잠시 소개해 본다.

경허 스님에게 누군가 화엄경 설법을 청하자, 경허 스님은 화엄경(華嚴經)을 다음처럼 설법하였다고 한다.

대방광불화엄경(大方廣佛華嚴經)을 설한다. 먼저 말한 후 대(大)자를 설법하였다.

① 대(大): 대들보도 대요, 댓돌도 대요, 대가사도 대요, 세숫대도 대요, 담뱃대도 대니라.
② 방(方): 근방도 방이요, 지대방도 방이고, 동서남북 사방도 방이니라.

③ 광(廣): 쌀광도 광이요, 찬광도 광이고, 연장광도 광이고, 광장도 광이니라.

④ 불(佛): 등잔불도 불이요, 모닥불도 불이요, 촛불도 불이요, 화롯불도 불이요, 번갯불도 불이요, 이불도 불이며, 횃불도 불이니라.

⑤ 화(華): 매화도 화요, 국화도 화요, 탱화도 화요, 화살도 화요, 화엄경도 화니라

⑥ 엄(嚴): 엄마도 엄이요, 엄살도 엄이요, 엄정함도 엄이니라, 화엄도 엄이니라

⑦ 경(經): 면경도 경이요, 구경도 경이요, 풍경도 경이고, 안경도 경이고, 인경도 경이니라.

그리고 이것이 "대방광불화엄경(大方廣佛華嚴經)이니라."라고 설법을 마친다.

이런 설법을 듣고 대중은 경허 스님의 그 자유로움, 대담함에 모두 머리를 숙였다고 하는 일화(逸話)가 전해진다.

60화엄의 경우 경을 설(說)한 장소가 제1, 적멸도량(寂滅道場)회와 제2, 보광법당(普光法堂)회는 지상이다. 제3, 도리천(忉利天)회와 제4, 야마천궁(夜摩天宮)회, 제5, 도솔천(兜率天)궁회 제6, 타화 자재천궁(自在天宮)회는 천상이다. 제7, 다시 지상의 보광법당(普光法堂)회와 제8, 중각강당(重閣講堂)회에서 설한다. 이 여덟 회자 중 보광법당회가 두 번 있어서 7처가 되고, 80화엄의 경우는 보광법당(普光法堂)회가 세 번 있기 때문에 9회가 된다.

그 내용은 제1회에서 석가모니불(釋迦牟尼佛)이 마가다국의 보리수(菩提樹)나무 밑에서 이제 막 대각(大覺)을 이루고 묵묵히 앉아 광채(光彩)를 발하고 있다. 그 둘레에는 많은 보살(菩薩)들이 있어서, 한 사람씩 일어나 부처님 덕(德)을 찬양한다. 이때 석가모니(釋迦牟尼)는 이 경의 교주(教主)인 비로자나불(毘盧遮那佛)과 일체가 되어 있다.

제2회에서는 석가모니(釋迦牟尼)가 자리를 옮겨 보광법당(普光法堂)의 사자좌(獅子座)에 앉아 있다. 문수보살(文殊菩薩)이 먼저 고집멸도(苦集滅道) 사제의 법(法)을 설(說)한 뒤 10명의 보살이 각각 열 가지의 심오한 진리를 설(說)한다.

제3회부터는 설법 장소가 천상으로 옮겨진다. 제3회에서는 십주(十住)의 법을 설하고, 제4회에서는 십행(十行) 제5회에서는 십회향(十廻向) 제6회에서는 십지(十地)를 설한다. 제6회는 현재 범어의 원전이 남아있는 십지품(十地品)이며 화엄경(華嚴經) 중에서 최고 중요한 부분이라고 한다. 이에 십지경으로 따로 편찬되었다.

화엄경과 십지경은 고려 및 조선시대 승과(僧科)의 교종선 시험과목(試驗科目)으로 채택된 중요 경전이다.

십지품(十地品)은 대승 보살의 수행 발전단계를 열 가지로 나누어 설명하고 있다.

십지의 열 가지 수행단계는 다음과 같다.

제1. 환희지(歡喜地)로 깨달음이 열려 기쁨이 넘쳐있는
　　　경지이다.
제2. 이구지(離垢地)는 기본적인 도덕의 훈련과정이며,
제3. 명지(明地)는 무상의 성찰을 통하여 점차 지혜의

빛을 나타낸다.

제4. 염지(焰地)는 진리를 향한 열의로 지혜가 더욱 증대하며

제5. 난승지(難勝地)는 평등한 마음을 갖추어 어떠한 것에 의해서도 지배를 받는 일이 없는 경지이다.

제6. 현전지(現前地)는 십 평 등지를 갖추어 일체가 마음의 움직임에 지나지 않는 허망한 것임을 깨달아 아는 경지이다.

제7. 원행지(遠行地)는 일체(一切) 불법(佛法)을 일으키는 경지로서, 열반(涅槃)에도 생사에도 자유로이 출입하며

제8. 부동지(不動地)는 무생법인(無生法忍)을 깨달아 얻는 경지로서, 목적에 얽매이지 않는 마음의 움직임이 자연히 솟아 나온다.

제9. 선혜지(善慧地)는 훌륭한 지혜를 성취하고 무애(無碍) 행(行)이 이룩되는 경지로서, 부처님의 법장(法藏)에 들어가 불가사의한 큰 힘인 해탈의 지혜를 얻으며,

제10. 법운지(法雲地)는 무명(無明)으로 말미암은 번뇌의 불길을 모조리 꺼버린 해탈의 경지를 말한다.

제7회는 다시 지상의 보광법당에서 지금까지의 설법을 요약해서 설한다. 제8회는 입법 계품으로 이 또한 범어 원전이 남아있다. 여기에서는 선재(善財)라는 동자가 53인의 선지식을 찾아가 도를 구하는 과정을 적어 정진이 곧 불교임을 강조한다. 그가 만나는 선지식 중에는 뛰어난 보살뿐만 아니라 비구, 비구니, 소년, 소녀, 의사, 장자(長者), 창부(娼婦), 외도(外道) 등 갖가지 직업과 신분을 가진 사람들이 섞여 있다. 이는 형식이 문제가 아니라 보리심의 여부가 문제라는 대승불교의 수행 이상을 잘 나타내 주는 것이라고 할 수 있다. 화엄경(華嚴經)은 삼국시대부터 우리나라에 유통되고 통일신라로 넘어오며 신라 화엄학이 정립되었다. 아울러 화엄종(華嚴宗)이 성립되고 화엄사찰이 건립되며 화엄사상도 정립되었다고 볼 수 있다.

2) 법화경(法華經)

법화경(法華經)은 묘법연화경(妙法蓮華經)이라고도 하며 대승경전의 하나로, 석가모니 40년 설법을 집약한 경전으로 법화사상을 담은 천태종(天台宗)의 근본 경전이다.

흰 연꽃과 같은 올바른 가르침이란 뜻이다. 현존 번역본 가운데 구마라집(鳩摩羅什)이 번역한 묘법연화경(妙法蓮華經)이 가장 널리 읽히고 있다. 묘법연화경에서 부처는 머나먼 과거로부터 미래 영겁에 걸쳐 존재하는 초월적인 존재이다. 그가 이 세상에 출현한 것은 모든 인간이 부처의 깨달음을 열 수 있는 대도를 보이기 위해서다. 그 대도를 실천하는 사람은 누구나 부처가 될 수 있다는 것이 경전의 핵심 사상이다. 무량의경(無量義經) 불설관보현보살행법경(佛說觀普賢菩薩行法經)과 함께 법화(法華) 삼부경(三部經)이라고 지칭한다. 금강경은 금강반야경(金剛般若經) 혹은 금강반야바라밀경(金剛般若波羅密經)이라고도 한다.

3) 금강경(金剛經)

금강경(金剛經)은 대승불교 초기의 공(空)사상을 담고 있는 반야 계통의 경전이다. 우리나라에서는 삼국시대 불교유입 초기 전래하였으며 고려 중기 지눌이 불교를 배우고자 하는 삶들의 입법을 위해서는 반드시 이 경을 읽게 한 뒤 널리 유통되었다. 선종에서도 선종의 제5조인 홍인 이래 특히 중요시되었다. 제6조 혜능은 이 경문을 듣고 발심하여 출가하였다 한다.

이 경은 공한 지혜로써 그 근본을 삼고, 일체법(一切法), 무아(無我)의 이치를 요지로 삼았다. 공의 사상을 설명하면서도 경전 중에서 공이라는 말이 한마디도 쓰이지 않은 것이 특징이다.

대승과 소승이라는 두 관념의 대립이 성립되기 이전에 만들어진 과도기적인 경전이라는 의도도 있다.

이 경의 해석과 이해를 위해 우리나라에서는 소명태자(중국 양나라)의 분류를 따르는데, 삼십이 분 중 이 경의 핵심사상은 제3, 4, 5, 7, 10, 18, 23, 26, 32분이다.

제3의 대승정종분에서는 보살이 중생을 제도하되, 내가 저들을 제도하였다는 관념이 없어야 하고, 아상(我相), 인상(人相), 중생상(衆生相), 수자상(壽者相)의 4상이 있는 이는 보살이 아니라고 하였다.

제4의 묘행무주(妙行無住)분에서는 집착함이 없이 베푸는 무주(無住)상보시를 하도록 가르친다.

제5의 여리실견(如理實見)분에서는 32상을 갖춘 부처의 육신이 영원한 진리의 몸인 법신(法身)이 아님을 밝히고, 참된 불신(佛身)은 무상(無相)이라고 설한다. 특히, "무릇 있는바 상은 모두가 허망한 것이니, 만약 모든 상이 상(相) 아님을 보면 곧 여래(如來)를 보리라."라고 한 유명한 사구게(四句偈)가 수록되어 있다.

제7의 무애무설(無碍無說)분에서는 부처의 설한바 법이 취하거나 설명할 수 있는 것이 아닐 뿐 아니라 법도 아니요, 법 아닌 것도 아니라 히어 여래(如來)의 설법에 대한 집착을 끊게 하였다.

제10의 장엄정토(莊嚴淨土)분에서는 청정한 마음으로 외적인 대상에 집착함이 없이 마땅히 머무르는 바 없이 그 마음을 낼 것 응무소주이생기심(應無所住而生其心)을 가르친다. 이는 혜능 및 여러 고승들을 깨닫게 한 유명한 구절이다. 제18의 일체동관(一切同觀)분에서는 부처가 모든 중생의 차별적인 마음의 움직임을 모두 알고 있음과 과거 현재, 미래의 마음은 가히 얻을 수 있는 것이 아님을 밝혔다.

제23의 정심행선(淨心行善)분에서는 진여(眞如)법이 평등하여 아래위가 없는 것이 온전한 깨달음이며 여래의 선법임을 밝힌다.

제26의 법신비상(法身非相)분에서는 여래를 형체에 얽매여 보지 말 것과 만약 형색으로 나를 보고 음성으로써 나를 구하면 이 사람은 삿된 도를 행함이니, 결코 여래를 보지 못한다는 사구게를 설하고 있다.

제32의 응화비진(應化非眞)분에서는 일체의 유위법(有爲法)이 꿈, 환영, 물거품, 그림자와 같고, 이슬이나 우레와 같음을 관해야 한다고 하였다. 이 경에 주석서를 쓴 사람은 800여 명에 이른다고 한다. 이 경은 현재 대한불교 조계종(曹溪宗), 한국불교 태고종 등에서 근본 경전으로 채택하고 있다.

진리의 세계는 따로 있는 것이 아니다. 어떤 종교든 인간의 존립을 넘어 존립할 수는 없다. 이 세상은 물질을 중시하는 현상계 욕계가 있고 정신세계를 중시하는 이법계가 있다.

이는 원리, 진리, 진여의 세계라고도 부른다. 이법계는 공의 세계이기도 하며 사법계는 무소유가 통하지 않는다.

화엄경에서는 대승보살을 강조하며, 대승보살은 자리이타(自利利他), 바라밀행을 강조한다.

화엄경(華嚴經)의 5가지 기둥은 십신, 십주, 십행, 십회향, 십지 깨달음을 강조한다. 이사가 무애한 법계 대승보살의 중도를 강조한다고 할 수 있다.

4) 반야심경(般若心經)

600권이나 되는 대반야바라밀다경을 한문 260자로 짧게 요약하여 대승불교의 깊은 진리를 함축한 경전을 말한다. 이 경을 동아시아에 한문으로 번역(649년 번역본)하여 전래한 사람이 당나라 현장법사이다. 412년 구마라집의 번역본도 있다고 한다.

반야심경의 내용은 대승불교에서 핵심으로 다루는 공사상을 설명한다. 공사상은 불교의 주요한 키워드이므로 불자가 아닌 이들에게도 어느 정도 알려져 있다. 색즉시공 공즉시색, 아제아제바라아제 등이 널리 알려진 경구이다. 재미있는 점은 공사상의 측면에서 보면 초기 불교의 교리가 부정되는 듯하다. 초기 불교에서 무아를 설명하는데 오온(五蘊)과 육입(六入)처, 육경(六境), 육식(六識)은 물론, 순관과 역관을 포함한 연기의 제1항부터 12항, 사성제(四聖諦)가 모두 없다고 설명한다.

그러나 여기서 없다고 하는 것은 진짜 없다는 것이 아니라, 단지 자성(自性: 고정불변하는 실체 혹은 본성)이 없었다는 이야기이다. 다시 말하면, 이 세상에 변하지 않는 것은 없으니 집착하지 말라는 것이다. 대한불교조계종 총회에서 한글 반야심경을 가결 공포하였다(2011.9.20).

한글 반야심경을 다 함께 소리 내 읽어보자.

마하반야바라 밀다심경(摩訶般若波羅蜜多心經)
(일체를 초월하는 지혜로 피안에 도달하는
가장 핵심이 되는 부처님 말씀)

"관자재보살이 깊은 반야바라밀다를 행할 때 오온이 공한 것을 비추어보고 온갖 고통을 건너느니라. 사리자여! 색이 공과 다르지 않고, 공이 색과 다르지 않으며, 색이 공이고 공이 곧 색이니, 감각, 생각, 행동, 의식도 그러하니라. 사리자여! 모든 법의 공(空)한 형태는 나지도 멸하지도 않으며, 더럽지도 깨끗하지도 않으며, 늘지도 줄지도 않느니라.

그러므로 공 가운데에는 실체가 없고 감각, 생각, 행동,

의식도 없으며, 눈도, 귀도, 코도, 혀도, 몸도, 의식도 없고 색깔도, 소리도, 향기도, 맛도, 감촉도, 법도 없으며, 눈의 경계도 의식의 경계까지도 없고, 고집멸도도 없으며, 지혜도 얻음도 없느니라.

얻을 것이 없는 까닭에 보리살타는 반야바라밀다를 의지하므로 마음에 걸림이 없고, 걸림이 없으므로 두려움이 없어서 뒤바뀐 헛된 생각을 멀리 떠나 완전한 열반에 들어가며, 과거, 현재, 미래의 모든 부처님들도 반야바라밀다에 의지하므로 최상의 깨달음(아뇩다라삼막삼보리)을 얻느니라.

그러므로 반야바라밀다는 가장 신비하고 밝은 주문이며, 위없는 주문이며, 무엇과도 견줄 수 없는 주문이니, 온갖 괴로움을 없애고 진실하여 허망하지 않음을 알지니라.

이제 반야바라밀다 주문을 말하니 이러하니라.

아제 아제 바라아제 바라승아제 모지 사바하!(3번)"

(가자 가자! 넘어서 가자! 완전히 넘어가 영원한 깨달음으로)

이 뜻은 다음과 같은 뜻을 내포하고 있다.

"가자, 가자, 넘어가자.

가자, 가자, 저 피안의 세계로. 가자, 모두 함께 저 피안

의 세계로.

가자, 오 깨달음이여, 축복이어라.

아제는 가자, 바라는 피안 저 언덕.

바라승 아제는 모든 이들과 함께 저 언덕으로 완전히 건

너간 사이를, 모지 사바하는 깨달음을 성취하리라는 의

미이다."

이 구절은 산스크리트어 gate gate pāragate,
pārasamgate bodhi svāha(아제아제 바라아제 바라승아
제 모지 사바하)를 한역한 음차 진언으로 그대로 읽는다.

차안은 우리가 사는 현실 세계, 피안은 해탈과 깨달음
의 이상적 세계로 대비된다.

차안과 피안은 강을 사이에 둔 이쪽 언덕과 저쪽 언덕

으로 자주 비유된다.

바라밀(육바라밀)은 저쪽 언덕에 도달한다는 의미로 보시, 지계, 인욕, 정진, 선정, 지혜를 실천하는 길이다.

다음은 미국 뉴욕 달마 스쿨의 도솔현능 법사가 한글 세대를 위하여 새롭게 번역한 반야심경이다. 참고로 읽어보자.

반야바라밀의 핵심은 이렇다.

"관세음보살이 깊은 반야바라밀을 닦을 때

다섯 가지 쌓임이 본래 비어 있음을 보고

모든 고액에서 벗어났다."

사리푸트라,

몸은 공과 다르지 않고

공도 몸과 다르지 않아

몸이 곧 공이며, 공이 곧 몸입니다.

느낌, 표상, 의지, 인식도 그러합니다.

사리푸트라,

모든 것은 공한 특성을 지녔으니

생겨나지도 사라지지도 않으며

더러워지지도 깨끗해지지도 않고

늘어나지도 줄어들지도 않습니다.

그러므로 공의 관점으로 보면

몸도 없고 느낌도 없으며

표상, 의지, 인식도 없습니다.

눈, 귀, 코, 혀, 몸, 생각도 없고

모습, 소리, 냄새, 맛, 닿음, 대상도 없으며

시각에서 의식에 이르기까지도 없습니다.

무명도 없고 무명의 끝도 없으며

노사도 없고 노사의 끝도 없습니다.

고통도 없고 고통의 원인도 없으며

소멸도 없고 소멸의 길도 없습니다.

지혜도 없고 지혜의 결과도 없습니다.

이와 같이 아무것도 얻을 것이 없으므로

보살은 반야바라밀에 의지하여

마음에 걸림이 없습니다.

마음에 걸림이 없으므로 두려움이 사라지고

잘못된 생각에서 벗어나 마침내 열반에 이릅니다.

과거 현재 미래의 부처님들께서도 반야바라밀에 의지하여

최상의 깨달음을 이루셨습니다.

그러므로 반야바라밀은 신비로운 진언이며, 비할 데 없는

진언입니다. 이는 모든 고통을 해결하는 참된 말씀입니다.

이제 반야바라밀의 진언을 말씀드리겠습니다.

"가테 가테 파라가테 파라삼가테, 보디 사바하."

gate gate pāragate, pārasamgate bodhi svāha

반야바라밀다(般若波羅蜜多)를 직역하면 깨달음의 언덕에 이르는 깊고도 수승(殊勝)한 지혜이다. 현대사회(現

代社會)에서 반야심경은 종교 경전 이상의 의미를 지니고 있다. 많은 심리학자 철학자들이 반야심경의 가르침을 통해 인간 존재의 본질과 삶의 의미를 탐구하고 있다. 특히 공의 개념은 현대의 심리치료와 자기계발 분야에서도 중요한 주제로 다루어진다. 우리가 고정된 생각에서 벗어나 보다 유연한 사고를 할 수 있도록 돕는다.

또한 반야심경은 명상과 마음 챙김의 실천에서도 중요 역할을 한다. 많은 사람들이 반야심경(般若心經)을 통해 명상할 때 마음의 고요함과 평화를 찾고 있다. 관자재보살(觀自在菩薩)의 모습은 우리 각자가 내면의 지혜(知慧)를 찾고 삶의 고통을 극복하는 데 필요한 지혜를 상징하며, 현대인에게 큰 영감을 주고 있다.

반야심경(般若心經)은 짧은 가사 속에 깊은 철학적 사유와 삶의 지혜를 담고 있는 경전이기에 불교도뿐만 아니라 현대인에게도 큰 의미를 지니고 있다. 우리는 고통과 무상함을 이해하고 진정한 자유를 찾는 데 필요한 지혜를 배울 수 있다.

'색즉시공(色卽是空) 공즉시색(空卽是色)'과 원자(原子)를 비교하여 이해하기 쉽게 설명한 구절이 있어서 소개하고자 한다.

시각, 청각, 후각, 미각, 촉각, 생각, 상상으로 모두 규정지을 수 있는 실체가 반야심경(般若心經)에 나오는 색(色)이라고 할 수 있다.

이를 양자역학에서 주장하는 원자와 전자에 비교하여 이해하기 쉽게 설명한다. 탄소 원자는 강원도 크기의 공간에 '축구공 1개와 먼지 12개'로 이루어져 있다고 가정할 수 있다. 그런데 만약 우리 인간이 로켓을 타고 강원도를 한눈에 볼 수 있는 높이까지 올라간다면 당연히 원자(축구공)는 물론, 전자(먼지)도 보이지 않는다. 하지만 분명히 원자와 전자는 존재한다. 원자는 색깔이 없기도 하지만, 색깔을 떠나서 그렇게 높이 올라가면 형태 자체가 보이지 않는다. 하지만 탄소 원자에 빛이 오면 먼지 12개(전자 12개)가 빠르게 돌아다니면서 강원도 땅 전체 면적만큼 색깔을 띠게 만들어 버린다는 것이다.

이게 공즉시색(空卽是色)이라고 한다. 강원도 땅이 텅

텅 빈 것처럼 보이지만, 색깔이라는 색(色)이 오니까, 텅 텅 빈 강원도 땅이 모두 색깔을 띤다.

색깔이 보이니까 또 있나 싶지만, 빛만 사라지면 또 아무것도 보이지 않아 없는 것처럼 보인다. 이게 색즉시 공(色卽是空)이라는 것이다.

반야심경(般若心經)은 관세음보살이 부처가 진리를 보 는 방법으로 세상을 보니 이치가 이렇더라는 경전이다. 반야심경이 만들어졌을 때 당시에는 '색즉시공(色卽是空) 공즉시색(空卽是色)'이 당연히 모순(矛盾)이었을 것이다.

하지만 현대 과학으로 보면 모순(矛盾)이 아니라, 과학 적 사실(科學的事實)이라는 사실이 신기하다는 것이다.

선종의 수행방법은 돈오(頓悟)이며 단박에 깨닫는 법 을 말한다.

반야심경(般若心經)에서 공은 비어 있다는 뜻이 아니 다. 무아(無我: 나라고 할 것이 없음), 무상(無相: 항상 일정한 것이 없음), 연기(緣起: 모든 것은 상호작용을 하여 일어남)를 이렇게 부르자고 약속한 것이다. 이런 공의 성질을 공 성(空性)이라고 하는데, 반야바라밀다. 성질이 공(空)하므로 반야바라밀다(般若波羅蜜多)를 행한다는 것은 공(空)을 행하는 것이다.

　다음의 이야기는 공(반야바라밀다, 연기, 세상은 모두 연결되어 있다)을 깨닫게 하는 유마경에 나오는 이야기의 예이다.

　유마힐 거사가 병이 들어서 문수 보살의 문병을 받았다. 이때 유마힐 거사가 말하길, "중생이 병이 들어서 내가 아프다. 중생이 병이 나으면 나도 나을 것이다. 중생이 병에 걸리지 않으면 보살들도 다시는 병에 걸리지 않을 것이다." 또 다른 예는 익숙한 것이다.

　661년, 원효와 의상은 당나라 유학을 가던 중 동굴에서 물을 찾다가 바가지 물을 마셨다. 다음 날 보니 해골 속 물이었다. 원효는 구역질을 하다가 순간, 일체유심조(一切唯心造)를 깨달았다고 한다.

　참고로, 육바라밀(六波羅蜜)은 다음과 같다.

　① 보시바라밀(報施婆羅蜜)

② 지계바라밀(持戒波羅蜜):계율을 지키는 것

③ 인욕바라밀(忍辱波羅蜜): 온갖 모욕을 참는 것

④ 정진바라밀(精進波羅蜜): 용맹하게 노력과 정진하여 불법을 성취한다.

⑤ 선정바라밀(禪定波羅蜜): 잡다한 생각을 버리고 수행만 하는 것, 즉 반야의 지혜를 얻기 위해 생각을 끊고 성불하기 위한 마음을 닦는 것이다.

⑥ 반야바라밀(般若波羅蜜): 육바라밀 중 모든 부처의 어머니이며, 다른 바라밀의 바탕이 된다.

문자반야(文字般若): 경(經), 율(律), 논(論)을 말한다.

관조반야(觀照般若): 문자반야를 통해 알아낸 진리(부처님의 법)로 수행하는 것을 말한다.

실상반야(實相般若): 비로자나불이 그 상징이다. 부처가 알아낸 진리 그 자체다.

5) 정토삼부경(淨土三部經)

정토신앙의 바탕을 이루는 정토삼부경은 무량수경(無量壽經), 관무량수경(觀無量壽經), 아미타경(阿彌陀經)을 말한다. 모두 서방 극락정토와 아미타 부처님의 가르침을 담고 있다. 그러나 세 가지 경전은 중생이 어떻게 극락에 왕생할 수 있는지에 대해 서로 다른 관점과 수행법을 제시한다. 이 세 가지 경전의 차이는 다음과 같다.

(1) 무량수경(無量壽經)

무량수경은 정토삼부경(淨土三部經) 중 가장 방대한 경전으로 아미타 부처님이 과거 법장비구였을 때 중생을 위해 세운 48가지 큰 서원을 상세히 설명한다. 이 경전은 아미타 부처님의 원대한 서원이 왜 중생을 구원하는 강력한 힘을 가지는지에 대한 이론적 근거를 제시한다.

믿음이 곧 왕생의 근거이며 염불은 그 믿음을 확고히 하는 행위이다. 염불왕생원을 통해 누구나 아미타 부처님의 명호를 지극한 마음으로 열 번만 불러도 그 찰에 태어날 수 있다는 가르침을 담고 있다.

(2) 관무량수경(觀無量壽經)

관무량수경은 위제희 부인과 관련된 이야기를 통해 아미타 부처님과 극락정토(極樂淨土)를 마음속으로 관찰하는 16가지의 구체적인 수행법(16관법)을 제시한다. 이 경전은 믿음과 염불을 넘어, 집중적인 관법(觀法)수행의 중요성을 강조한다.

염불만으로는 부족하며 관법수행을 통해 마음의 정화와 지혜를 얻어야 왕생이 가능하다고 설명한다.

(3) 아미타경(阿彌陀經)

아미타경(阿彌陀經)은 정토삼부경(淨土三部經) 중 가장 간결한 경전으로, 부처님께서 제자들의 질문이 없었음에도 자비심으로 설한 경전이다. 이 경전은 극락정토의 장엄하고 아름다운 모습을 구체적으로 묘사하며 오로지 아미타 부처님의 명호(名號)

를 부르는 염불의 공덕을 강조한다.

'나무아미타불(南無阿彌陀佛)'이라는 명호를 부르는 행위 자체에 힘이 있다는 것이다. 번뇌와 잡념 없이 오로지 한마음으로 염불하는 일심불란의 수행을 강조한다. 그리고 지극한 마음으로 이레 동안 아미타불(阿彌陀佛)의 명호를 부르면 왕생할 수 있다고 가르친다.

이 세 가지 경전은 극락왕생(極樂往生)이라는 같은 목표를 향하지만, 그 방법론에서 차이를 보인다. 무량수경은 믿음을 관무량수경은 관법을 아미타경은 염불을 강조한다. 정토 신행을 하는 불자는 이 세 경전의 가르침을 모두 이해하고 자신의 상황에 맞는 수행법을 선택하여 정진할 수 있다. 예를 들어서, 바쁜 일상에서는 아미타경(阿彌陀經)의 가르침을, 염불의 깊은 의미를 이해하고 싶다면 무량수경(無量壽經)을, 마음의 집중력을 기르고 싶다면 관무량수경(觀無量壽經)의 가르침을 참고하면 된다.

6) 유마경(維摩經)

유마경(維摩經)은 주인공 유마힐 거사가 재가(在家) 신자로서 불교의 진수를 체득하고 청정한 행위를 실천하며 가난한 자를 돕고 불량한 자를 훈계하고 올바른 가르침을 전하고자 노력한 인물이다. 세속에 있으면서도 대승의 보살도를 성취하여 출가자와 동일한 종교 이상을 실현하며 살고 있다. 그는 재가 신자의 이상이며, 이 유마힐 거사를 모델로 반야경(般若經)에서 서술된 공사상을 실천적으로 체득하려는 대승 보살의 시련도(侍輦道)를 강조하고, 세속에서도 불도를 실천하고 완성하게 됨을 설법해 드러내고자 한다는 것이 이 유마경의 내용이다.

유마경(維摩經)은 재가 신자인 유마힐 거사를 중심으로 내세워 출가 중심의 현식적인 부파불교(部派佛敎)를 신랄하게 비판하고, 대승불교(大乘佛敎)의 진의를 드러내고 있다.

이 경의 주요 내용은

첫째, 현실의 국토가 불국토이다. 현실 국토가 정토이며

둘째, 자비 정신의 실천이다. 중생과 고통을 함께하는 보살의 모습을 표현한다. 보살은 자비를 실천하기 위해 노력해야 한다는 점을 강조한다.

셋째. 평등의 불이사상(不二思想)의 실천이다. 출가와 재가와 같은 이분법적 구분으로 궁극적 깨달음을 얻을 수 없다.

보리와 번뇌가 둘이 아니고, 부처와 중생이 둘이 아니며, 정토와 예토가 둘이 아니라는 불이사상(不二思想)을 통해 절대 평등의 경지에 들어가야 깨달음을 성취할 수 있다. 실상의 진리는 형상이 없고, 생각할 수도 없고 말할 수도 없는 공의 경지이다. 이런 궁극적 깨달음은 언어문자를 초월해 있다

넷째, 중생에게 모두 깨달음의 가능성이 있음을 말한다. 유마힐 거사는 현실의 인간이 비록 번뇌하고 악을 행하고 있더라도 궁극적으로 깨달음을 이룰 수 있다고 주장한다. 일체의 번뇌가 곧 여래의 종성이라고 하여 불법은 번뇌 가운데 나타난다고 한다.

7) 승만경(勝鬘經)

승만경은 매우 독특한 경이다. 여성이 주인공이며 여성도 성불할 수 있다고 천명하고 있다는 점에서 더욱 독특하였다. 1권 15장으로 구성되었고 원명은 승만사자후 일승대방 편방광경으로 승만부인이 일승의 대방편을 널리 전개 시키기 위하여 사자후(獅子吼)한 것을 기록한 경이란 뜻이다.

576년, 진흥황 37년 수나라에서 귀국한 안홍 법사가 가지고 온 재가 중심의 불교를 천명하는 유마경(維摩經)과 더불어 대표적 경전이다.

또한 진덕여왕의 이름이 승만이었던 점을 볼 때 이 경이 초기 신라 불교에 끼친 영향이 컸음을 알 수 있다.

승만 부인은 인도 사위국왕의 왕녀로 아유타국에 출가한 왕비이다, 승만 부인의 부모는 불법에 귀의한 기쁨을 딸에게 알려주는 서신을 보내는데 이 경은 승만 부인이 서신을 받고 기뻐하며 그 글을 독송하는 가운데 부처의 찬란한 모습을 접하고 부처로부터 장차 성불하리라고 하는 수기를 받는다.

경의 내용은 승만 부인이 부처님 앞에서 법을 설하면 부처님이 이를 허락하는 형식으로 전개된다.

전 15장 중에서 제3, 7, 9, 10장 등은 10행 내외의 짧은 글이며 제4, 섭수(攝受)장과 제5, 일승(一乘)장만이 길다. 제2, 십(十)수(受)장의 10대 서원과 제3, 삼원장(三元願)의 삼대원(三大願)은 정법(正法)을 체득하는 것에 대한 진실한 의미가 무엇인가를 말하는 매우 중요한 부분이다.

각원마다 오늘부터 보리에 이르기까지로 시작되는 십대 서원은

① 계를 범하는 마음을 일으키지 않겠나이다.
② 존장(尊長)에 대하여 교만한 마음을 일으키지 않겠나이다.
③ 사람에 대하여 성내는 마음을 일으키지 않겠나이다.
④ 타인의 재산이나 지위에 대해 질투하지 않겠나이다.
⑤ 내가 소유하고 있는 것에 대해 아끼는 마음을 일

으키지 않겠나이다.

⑥ 나 자신을 위해 재산을 모은 일을 하지 않겠나이다 등의 서원이다.

⑦ 그리고 사섭법(四攝法)에 의해 사람들에게 이익을 주는 일을 하되, 자기 이익을 위해서는 하지 않겠나이다.

⑧ 고독한 사람, 수감자, 환자, 가난한 자를 보고 그냥 버려두지 않겠나이다.

⑨ 부처의 계에 어긋난 사람을 보면 놓치지 않고 절복시키겠나이다.

⑩ 정법을 잘 지키고 그것을 잊지 않겠나이다 등의 구체적 실천법이다.

이것을 요약하면

첫째, 성법의 지혜를 구하고

둘째, 일체중생(一切衆生)을 위해 법을 설하고

셋째, 정법을 획득하겠다는 삼대원을 나타내고 있다.

이 경에는 일승(一乘) 사상과 여래장(如來藏) 사상이 천명되어 있다.

삼승의 모든 가르침은 모두 일승에로 귀일하며, 번뇌에 둘러싸여 있는 중생의 본성은 청정무구하여 부처와 같은 것이므로, 그것을 여래장이라고 한다.

이 여래장(如來藏)은 공(空)과 불공(不空)의 양면에서 파악해야 하며, 이 여래장에 의해서 생사(生死)윤회의 세계도 열반의 획득도 가능하다는 것이다.

8) 천수경(千手經)

정식 명칭은 천수천안관자재보살광대원만무애대비심 대다라니경이다.

천수천안(千手千眼)관자재보살(觀自在菩薩)광대원만(廣大圓滿)무애대비심(無碍大悲心)대다라니경(大陀羅尼經)이다. 한량없는 손과 눈을 가지신 관세음보살이 넓고, 크고, 걸림 없는 대자비심(大慈悲心)을 간직한 큰다라니에 관해 설법한 말씀이라는 뜻이다.

천수다라니라고도 한다. 예불천수경은 예불문과 천수경, 반야심경을 모두 포함하여 말하는 것이다. 한국 불교계에서 사용하는 천수경은 가범달마(伽梵達摩)의 천수천안 대비심다라니(大悲心陀羅尼)를 이리저리 편집하고 가감한, 한국불교(韓國佛教)의 독자적인 판본이다. 이 중 핵심은 신묘장구대다라니이다. 이 다라니의 다른 호칭이 천수천안대비심다라니인데, 여기서 이름을 따서 천수경이라고 한다.

'수리수리 마하수리 수수리 사바하', '옴마니 반메훔'은 천수경에 수록된 자주 사용되고 익숙한 진언이다.

수리수리 마하수리는 정구업진언(淨口業眞言: 입으로 지은 업을 깨끗이 하는 주문)이며, 그 산스크리트어의 의미는 수리는 좋다, 깨끗하다, 기쁘다라는 의미이며, 마하는 크게, 아주이며, 수수리는 접두어 수는 묘하게 좋다는 의미이다. 사바하는 원만 성취한다는 뜻이다.

종합하면, 깨끗하구나 깨끗하구나 아주 깨끗하구나 묘하게 깨끗하구나, 모든 것이 원만히 성취되리라는 의미가 된다.

옴마니반메훔은 단순한 소리가 아닌 각각의 음절이 상징을 지닌다.

옴(om)은 모든 무지와 부정적 업을 정화하는 시작의 소리이다.

마니(mani)는 보석(자비와 사랑)을 의미한다.

반메(padme)는 연꽃(지혜와 깨달음)을 말한다.

훔(hum)은 자비와 지혜가 하나가 되어 깨달음에 이르는 완성을 의미한다. 종합하면 자비(慈悲)와 지혜(知慧)가 하나 되어 깨달음에 이른다.

오늘날, 이 진언은 불교 신앙을 넘어 마음의 치유와 내면의 평화를 찾는 도구로 널리 쓰인다. 짧게 읊조리는 것만으로도 마음이 차분해지고 자비의 마음을 일깨우는 힘이 있다고 한다. 시간 날 때마다 따라 하면 기분이 좋아진다는 것을 느낄 수 있다.

천수경 해설을 보면 옴은 하늘 세상, 마는 아수라, 니는 인간, 반은 축생, 메는 아귀, 훔은 지옥 세계의 제도를 뜻하고, 일체의 복덕지혜와 모든 공덕행의 근본을 갈무리하는 진언을 뜻한다. 육도의 중생을 제도하여 육도의 문을 닫게 한다는 뜻이다. 티베트인들이 모여 사는 곳이나 티베트 불교사찰, 밀교에서는 이 옴마니밧메훔 진언을 100만 번 외우면 성불(成佛)한다는 믿음도 있다고 한다. 그리고 몽골에서는 고인의 명복을 빌 때 이 진언을 사용한다고 전해진다.

제9부

이 글을 마치며

9. 이 글을 마치며

우리는 일상을 살아가며 삶과 죽음을 분리된 것으로 생각하는 경향이 강하다. 이유인 즉, 죽음은 생각하지 않고 현실에 집착하여 바쁘게 살기 때문이다. 부처도, 공자도, 예수도 죽은 후의 세계는 알지 못한다. 현대 과학도 눈부시게 발전하여 거의 모든 분야에서 괄목할 만한 성과를 달성하였지만, 아직도 해결하지 못한 두 가지 분야가 있다. 그것은 마음(心)과 죽음(死) 이후의 세계이다. 임사체험, 지옥, 천당 경험기가 있지만, 이는 모두 완전히 죽지 않은 상태에서의 이야기라 신빙성이 전혀 없다고 할 수 있다. 죽은 자는 말이 없기 때문이다.

우리는 살아가며 죽음과 죽음 이후의 일을 거의 생각하

지 않는다. 일상의 삶이 너무나 바쁘다는 핑계로 그럴 수
도 있겠다고 여겨진다. 그러나 이는 대단히 잘못된 것이
다. 삶과 죽음은 불가분의 관계이고 죽음이 있기에 우리
는 유한한 존재임을 느끼며 무한한 영혼의 세계를 생각
해야만 하지 않을까? 그래야 현재의 삶이 더욱 소중하게
다가올 것이다.

  불교는 현실 세계에서 출발한 종교이다. 현실 세계에서
벌어지는 인간의 삶에 관하여 이야기하는 종교이다. 죽은
자, 태어나지 않은 자, 또는 동식물을 위한 가르침을 주는
것이 아니다. 일찍이 용수보살은 세속 일에 의하지 않고
최고의 진실은 설해지지 않는다. 최고의 진실에 의하지 않
고는 열반은 획득되지 않는다고 강조한다. 세간사의 진리
란 바로 우리들이 살아가는 일상적인 세계이며, 소위 유위
법의 세계이며, 조건 지워져 있는 세상이다. 불교는 바로
이런 중생들 세간사의 현실에서 출발하고 있으며, 이곳 현
실의 세상사가 바로 저쪽으로 건너가기 위한 강의 기슭이
며 물가이다. 그러므로 그런 진리를 설법하신 부처님이나
그 가르침을 실천하는 승가나 모두 다 중생들의 피난처가

되는 것이다. 특히, 삼보 불법승 중 법(法)은 중생들의 귀의 처인바 그 까닭은 다음과 같다고 할 수 있을 것이다.

첫째, 법은 현실 삶에서 증명이 되는 것이기 때문이다.

둘째, 법은 바른길로 나아가게 한다. 우리 삶에는 때를 가리지 않고 항상 과보가 있기 때문이다.

셋째, 법은 중생들에게 와서 보라고 말할 수 있는 것이다. 진리이기 때문이다.

넷째, 법은 우리 중생을 올바르게 열반으로 인도하는 방법을 안내한다.

다섯째, 법은 지혜 있는 중생들이 각자 스스로 이해하며 실천할 수 있는 것이다.

우리 인간들은 살아있는 동안 어떻게 사는가가 중요하며, 그 결과에 따라 죽은 후 심판의 세계가 있다고 가정한다면 주어진 인생을 살아가는 동안 착하게 살아갈 확률이 높은 것은 사실이다. 우리가 아는 불교사상(佛敎思想)을 최남선(1890~1957)은 1930년대 발표 논문 「조선불교−동방문화 사상에 있는 위치」에서 원효는 통불교(通佛

敎)의 건설자이며, 인도불교는 서론(序論), 중국불교는 각론(各論), 한국불교는 원효에 이르러 결론(結論)에 이르렀다며 이미 새로운 시각으로 분석(分析)하였으며, 원효를 불교의 완성자(完成者)라고 평가하였다.

  초기 불교 중아함경에 보면 "흘러가는 것을 뒤좇지 마라. 오지도 않는 것을 바라지 마라. 과거(過去)는 이미 흘러가 버린 것. 미래(未來)는 아직 오지도 않는 것. 그러므로 지금 존재(存在)하는 것만을 있는 바대로 정확히 보아야 한다. 흔들림 없이 동요됨 없이 정확히 보고 실천(實踐)하여야 한다. 다만 오늘 할 일을 열심히 하라! 내일은 누가 죽을지 모른다. 아무도 저 죽음의 군대와 마주치지 않을 수는 없다. 이처럼 잘 아는 사람들은 한마음으로 게으름 없이 실천하려 한다." 이와 같은 이를 일야현자(一夜賢者)라 하고 마음을 평정한 자라 일긷는다.

  서로 사귄 사람에겐 사랑과 그리움이 생긴다. 사랑과 그리움에는 괴로움이 따르는 법이다. 연정에서 근심·걱정이 생기는 줄 알고 무소의 뿔처럼 혼자서 가라. 탐욕(貪慾)과 혐오(嫌惡)와 헤맴을 버리고, 속박(束縛)을 끊어 목숨을 잃어도 두려워하지 말고, 무소의 뿔처럼 혼자서 가라.

소리에 놀라지 않는 사자와 같이 그물에 걸리지 않는 바람과 같이 흙탕물에 더럽히지 않는 연꽃과 같이 무소의 뿔처럼 혼자서 가라.

그대는 처음에 어디에서 왔고 어디로 돌아갈 텐가?

죽음을 싫어하는 것이 어려서 떠나온 고향으로 돌아가

기 싫어함인 줄 아는 사람이 몇 명일까?

처음 떠난 제집으로 돌아가는 것이 죽음인 것을…!

만물은 잠시 머물다 가는 것이니 한가지 기운 속에서 떴

다 가라앉는 것이다. 구름이 피어날 때 흔적이 있는가?

얼음이 녹으면 자취도 없는 것을 아는가? 진실로 이런 이

치를 밝게 안다면 항아리 두들기며 우리 선생 보내리라.

서화담의 「사람의 죽음을 슬퍼하며」란 위 시(詩)를 보면 전혀 죽음을 슬퍼하는 모습이 보이지 않는다. 그에게 삶

이란 잠시 머물다 가는 것이고, 따라서 생(生)과 사(死)는 한 가지 기운 속에 떴다 가라앉는 것이다. 그런 변화는 흔적도 자취도 남기지 않는다는 것이다. 그래서 서화담은 생(生)과 사(死)를 구름이 생겼다가 없어지는 것, 달이 차고 기우는 것으로 이해했다. 죽음은 그에게는 처음 떠난 자기 집으로 돌아가는 것으로 이해하는데, 이는 장자(莊子)의 생각에서 온 것이다. 장자에 나오는 고기 잡은 뒤 통발을 잊어버린다는 말과 같은 뜻이라 할 수 있다.

리(理)와 기(氣)는 윤리(倫理), 지리(地理), 물리(物理) 등 오늘 우리의 과목(科目)에서도 남아있다. 기(氣)는 우리의 일상 언어에서 감기(感氣), 한기(寒氣), 열기(熱氣), 생기(生氣), 살기(殺氣), 기합(氣合) 등에 많이 사용된다. 그러나 자세히 살펴보면 리(理)와 기(氣)는 불변의 법칙이 아니고 변화를 설명하는 개념이다. 리(理)가 불변의 법칙이라 해서 항상 선(善)은 아니다. 서화담은 귀신(鬼神)·생사(生死)가 모두 기(氣)가 모였다 흩어지는 과정이라 설명한다. 형태만 다를 뿐 변화(變化)의 과정(過政)이라 말한다. 귀신은 우리가 아는 무서운 존재가 아니고 음(陰)과 양(陽)의 변화이며, 그 변화가 음(陰) 또는 양(陽)일지 알 수 없는 것을 신(神)이라 했다. 신(神)이 정신적(精神的)이고 관념적(觀念的)이라면 귀(鬼)는 물질적(物質的)인 것을 기리긴다고 하였다.

서화담(徐花潭)이 부채를 한양(漢陽)의 재상(宰相) 친구인 김안국으로부터 부채 선물을 받은 후 남긴 다음의 시(詩)는 이 모든 그의 사상(思想)과 철학(哲學)을 짧고 강력하게 대변한다.

제목은 「부채」이며, 한양에 사는 재상인 친구 김안국이 보내준 부채를 감사하며 쓴 시이다.

묻노니 부채를 흔들면 바람이 생기는데. 바람은 어디에서 오는 것인가?

만약 부채에서 나온다고 한다면 부채 속에 언제부터 바람이 있었는가?

부채에서 나오는 것이 아니라고 한다면

바람은 어디에서 오는 것인가?

부채에서 나온다고 해도 말이 안 되고

부채에서 나오는 것이 아니라고 해도 말이 안 되네

만일 허공에서 나온다고 한다면

부채를 떠나 허공이 어떻게 스스로 바람을 만들어낸단

말인가?

나는 그렇게 말할 수 없다고 보네

부채가 바람을 몰아칠 수는 있지만

바람을 만들어 낼 수 있는 것은 아니로세

바람이 태허에서 쉬고 있을 때는 고요하고 맑아서 아지

랑이나

티끌 먼지가 일어나는 것조차 볼 수가 없다네

그렇지만 부채를 흔들자마자 곧 바람이 모아 치네

바람은 기(氣)라네

기가 하늘과 땅 사이에 가득한 것은

물이 계곡을 꽉 채워 조금의 빈틈도 없는 것과 같네!

바람이 고요하고 잠잠할 때는 모였다 흩어졌다 하는 모습을

볼 수 없지만 그렇다고 어찌 기(氣)가 없는 때가 있으리오

노자(老子)가 '빈 것 같지만 다함이 없어서 움직일수록

더욱 나온다'라고 한 것이 이것일세

부채를 흔들자마자 몰려간 기(氣)가 들끓어서 바로 바

람이 되네

그래서 서경(書經)에 '물체로 밀어냄에

기(氣)가 몰려들어 바람 불어대니'라고 한 것일세

한자의 맑은 바람을 누추한 집에 보내오니

오동나무 기대어 부채 흔드는 맛 좋기도 하구나

뉘 알리오 부채 머리가 하나로 꿰뚫려 있음을

문득 천 가닥 부챗살이 저절로 펼쳐지는구나!

부채로 밀어냄에 기가 몰려들어 바람 불어 대니

텅 빈 듯한 허공에서 홀연히 시원해지네

부채 흔들어 먼지 뒤집어쓸 것 없이

대 지팡이에 기대어 자연에 살겠네

초가집 으리으리한 집 가리지 않고

시원한 맑은 바람 곳곳마다 불어주네

덕(德)은 조화로워서 만물을 도움에

검은 것 힌 것 구분 없고

도(道)는 위대하여 사람 따라 모였다 흩어졌다 하네

나는 무더워 몰아낼 능력 없으니

부채 덕에 서늘한 가을바람 끌어들일 뿐일세

장부라면 반드시 백성 더위 식혀줘야 하니

나라 안 곳곳에 시원한 바람 보내시게

  사실 공자와 맹자 사상과의 대척점에 묵자가 있었다.
  묵자는 기존 유교에서 강조하는 친족 중심의 가치관이
여러 문제를 일으킨다고 보았다. 유교의 친족 중심 가치
관은 친족과 아닌 자를 구별하여 편애하는 사랑, 즉 별애
(別愛)라서 공동체에 문제가 생기면 친족을 감싸기에 집단
의 공정과 공평에 균열을 일으킨다고 본다. 따라서 묵자
는 겸애(兼愛), 즉 모두에게 공평한 사랑을 강조한다.

유교에서 말하는 성인 정치도 사실은 겸애하는 것이지 별애 하는 것은 아니다. 유교는 누구나 성인(聖人)이 될 수 있다고 말하면서 겸애는 현실적(現實的)이지 않다고 하는 것은 모순(矛盾)이 아닌가 하고 지적한다. 이런 덕분에 농민, 노동자, 피난민, 고아, 노인들은 묵자 사상을 적극 지지하였다. 당대에는 공자보다 유능하다는 평가를 받는다. 저잣거리에서 앉은뱅이와 맹인(盲人)이 있다. 한 명은 움직이기 힘들어 동냥이 어렵고, 시각장애인은 앞을 못 보기에 동냥이 힘들다. 그래서 서로 눈과 다리가 되어 다니며 동냥을 한다. 묵자는 사랑은 무조건적이 아니라 이익이 되는 교리(交利)를 추구하라고 이야기한다.

또한 유교에서 성대한 삼 년 상(喪)을 치르는데 돈을 다 쓰면 힘써 모아둔 돈을 땅속에 묻는 꼴이고, 삼 년 동안 일을 하지 않아서 가난해지니, 부유하자고 하여도 부유해질 수 없다. 또한 유교는 귀신을 믿지도 않으면서 제사를 지낸다고 비판한다. 그러나 묵자는 귀신의 존재를 믿었다. 그렇게 믿음으로써 나쁜 짓을 할 때 거리낌이 있게 되니, 이렇게 생각하는 것은 세상을 이롭게 한다는 것이다.

묵자는 알아주기를 마냥 기다리는 유학자를 비판한다. 남들에게 자랑한다고 비난받아도 여러 사람에게 적극적으로 설명해야 옳다고 주장한다. 선을 구하는 일은 가만히 앉아서 구하는 것이 아니라 행동하고 설득하는 데서 오는 것이라고 주장한다.

이 세상을 살아가는 데는 무수한 이론과 설명이 존재한다. 어느 것이 올바른 것이라 말하기는 힘들 것이다. 그러기에 이 세상에 타의로 태어나서 이 세상을 살아간다는 거는 쉬운 일은 아니다. 빈부의 차이, 외모의 차이, 신체의 차이, 능력의 차이를 극복하며 정의롭게 살아가야 한다는 사실은 정말 힘들다. 그러나 그럼에도 우리는 인간이기에 고민하며 바른길을 가야만 한다.

어떻게 살아야 하는가? 이 세상에 태어난 모든 인간에게 평생의 화두이다. 정답은 없다. 그러나 여기에도 선현들의 지침과 힌트가 있다.

첫째로 배움에 대한 끝없는 갈증(I'm Still Hungry) 배움은 젊은 사람들에게 삶의 태도이자 존재의 이유로 인식

되어야 한다. 앞 장에서 성리학의 집대성자인 주희는 "소년이노 학난성(少年易老學難成)하니, 일촌광음 불가경(一寸光陰不可輕)."이라고 하지 않았는가?

둘째, 지적 호기심이 남아 있는 한 인간은 죽지 않는다는 각오로, 아니 필사즉생(必死即生)의 각오로 매일 새로운 것을 배우고 느끼며 성장하는 삶을 살아가야 한다.

그것이 인간다운 삶이다라는 신념으로 배우려고 노력하며 '학습하는 사람'은 늙지 않는다고 한다. 그 말은 그 시대가 바뀌어도 변치 않는 인간의 본질이다.

셋째, 사람은 자비한 만큼 기억에 남는다. 지식, 명예 그리고 재산은 시간이 흐르면 사라지고 변한다. 그러나 인간의 그 무엇에 대한 사랑, 봉사만큼은 인간 누군가의 기억 속에 남아있다.

따라서 인간은 얼마만큼 누구를, 그 무엇을 사랑, 봉사했는가로 평가받는 존재라는 뜻이다. 사랑한 만큼 누군가의 기억 속에 남아있고, 봉사한 만큼 이 세상은 따뜻해진다.

넷째, 성공보다 더 중요한 것은 사랑할 줄 아는 마음,

그리고 그 마음을 세상에 전달하고 나누어 주는 일이다.

우리 모든 인간은 생로병사(生老病死), 고집멸도(苦集滅道), 색즉시공(色卽是空), 공즉시색(空卽是色)의 원리를 공부하고 이해하여 이제는 이 세상을, 이 지구를 잘 떠날 줄 알아야 한다.

삶은 누구를 붙잡는 것보다는, 때가 되어 떠날 줄 아는 용기(勇氣)를 더 크게 본다. 가는 사람 잡지 않고 오는 사람 막지 않는다. 회자정리(會者定離)를 언급하지 않더라도 살아있는 동안 최선을 다하고 '떠날 땐 미련(未練) 없이'라는 태도로 죽음이라는 마지막 날을 준비해야만 한다. 죽음을 준비하지 않은 사람은 후회할 것이다. 앞 장에서 언급한 후회 없는 삶을 살려고 노력해야 할 것이다.

죽음을 앞둔 사람들에게 즉 다시 생(生)으로 돌아간다면 무엇을 하고 싶은가 질문했더니, 다섯 가지 후회스러운 '…라면'이 공통적으로 발견되었다고 한다.

첫째, 남의 눈치 보지 않을걸,

스스로에게 좀 더 솔직한 삶을 살았더라면.

둘째, 쉬어가면서 살걸,

일만 그렇게 많이 하지 않았더라면.

셋째, 소극적이지 않고,

용기를 내어 내 마음을 전했더라면.

넷째, 친구들과 더 자주 연락을 했더라면.

다섯째, 행복을 포기하지 않았더라면.

인생을 풍요롭게 하는 것은 돈이 아닌 것은 분명하다. 좋은 인간관계, 좋은 경험, 그리고 좋은 추억인 것이다.

삶이 아름답게 보이기 위해서는 떠남도 품격있게 해야 한다. 맥아더 장군(1880-1964)이 미국 의회에서 은퇴 연설을 하면서 "노병은 죽지 않는다. 다만 사라질 뿐이다(Old Soldiers Never Die, They Simply Fade Away)."처럼 유명한 인사말을 남긴 것은 하나의 품격 있는 이별 문구이다. 이에 빗대어 미 대통령 닉슨은 "노련한 정치인들은 죽기는 해도, 절대 사라지지 않는다(Old Politicians Usually Die, But They Never Fade Away)."라는 좋지 않은 이별 문구를 남겼다고 본다.

위의 언급된 사람 중 누가 더 아름다운 작별의 미학을 잘 보여주고 있는가? 억지로 이 세상에 집착하는 나지 않고 담담히 흘려보내며 포기하는 것처럼 보이는 것, 남은 이들에게 따뜻한 여운을 남기는 것, 그것이 마지막 작별의 미학, 위대한 부처님의 가르침이 아닐까! 내가 떠난 자리에는 거대한 지식이 아니고 깊은 한 인간의 향기(香氣)가 나도록 흔적을 남기는 것이 멋진 이별의 미학이라 생각된다.

나는 지금 우주 이 세상 지구촌에서 얼마나 배우고 알고 있는가?

나는 지금 우주 이 지구촌에서 얼마나 사랑하고 있는가?

그리고 이제 나는 때가 되어 갈 때가 오면 이 우주 이 지구촌에서 향기를 남기며 미지의 세계로 떠날 준비는 되어 있는가?

우리가 거주하는 이 지구상의 모든 것은 변하고 영원한 것은 없다(무상). 고정된 자아는 없으며 변화와 결합의 결과인 나가 존재한다(무아).

번뇌와 욕망을 끊고 완전한 마음의 평화와 자유를 성취하는 상태(열반)인 이런 궁극적 목표를 달성하길 누구나 원할 것으로 생각한다.

무상(無常), 무아(無我) 열반(涅槃)의 불교 교리가 이 시대와 문화에 구애받지 않고 이 순간 지구에 거주하는 모든 중생에게 내면의 평화와 이익, 향상, 행복을 가져다주는 지혜를 제공하길 희망한다.

우리 모두의 삶은 언젠가 끝나지만 그 사람이 남긴 '말과 봉사 그리고 자비의 마음'은 영원히 주변 모든 사람에게 나 자신 그대의 아바타(Avata)가 되어 영원히 숨 쉬며 살아갈 것으로 믿는다.

📝 참고문헌

1. 홍사성, 아함경, 『불교시대사』. 2009

2. 현장, 김규현 역, 『대당서역기』, 2013

3. 혜초, 김규현 역, 『왕오천축국전』, 글로벌컨텐츠, 2013

4. 원효, 『대승기신론소』

5. 혜명 스님, 『미란다경』, 불교자료실, 2018

6. 김현준 역, 『유마경』, 효림, 2021

7. 대한불교조계종 포교원, 『불교의 이해』, 조계종출판사, 2011

8. 대한불교조계종 교육원, 『부처님의 생애』, 조계종출판사, 2023

9. 혜능, 청화역, 『육조단경』, 광릉출판사, 2020

10. 법현, 김규현 역, 『불국기』, 글로벌컨텐츠. 2013

11. 송운, 김규현 역, 『송운행기』. 글로벌컨텐츠. 2013

12. 이문열, 『선택』, 알에이치 코리아, 2021

13. 김재성, 『하루 108배 내 몸을 살리는 10분의 기적』, 아롬미디
    어, 2009

14. 조현주, 『기적의 108배 건강법, 사람과 책』. 2008

15. 의정, 김규현 역, 『대당서역구법고승전』, 글로벌컨텐츠, 2013

16. 조준호, 『아함경과 근본불교』, 원주 불교대학, 2025

17. 대한불교 조계종 원주 불교대학, 『불교 입문』, 2023

18. 원주 불교대학 경전반, 『밀린다왕 문경-교육교재』, 2017

19. 해운, 『초발심자경문/ 무상계 講說, 원주 불교대학』 강의교

   재-2023

20. 대해, 『천수경 강해』, 원주 불교대학 경전반. 2025

21. 김교빈. 이현구, 『동양철학 에세이 1』, 동녘, 2014

22. 김교빈, 『동양철학 에세이 2』. 동녘. 2014

23. 서경덕, 김교빈 역, 『화담집』, 풀빛. 2019

24. 파드마쌈바바, 류시화 역, 『티벳 사자의 서』, 정신세계사. 1995

25. 파드마쌈바바, 장순용 역, 『티베트 사자의 서』, 김영사. 2008.

26. 고엔카, 담마코리아 역, 『고엔카의 윗밧사나 명상+10일 코스』,

   김영사, 2017